FASCINATION

DU MÊME AUTEUR

Aux Éditions Grasset

LETTRES ALGÉRIENNES, 1995.
LA VIE À L'ENDROIT, 1997.

Aux Éditions Denoël

LA RÉPUDIATION, 1969.
L'INSOLATION, 1972.
TOPOGRAPHIE IDÉALE POUR UNE AGRESSION CARACTÉRISÉE, 1975.
L'ESCARGOT ENTÊTÉ, 1977.
LES 1001 ANNÉES DE LA NOSTALGIE, 1979.
LE VAINQUEUR DE COUPE, 1981.
LE DÉMANTÈLEMENT, 1982.
LA MACÉRATION, 1984.
GREFFE, 1985.
LA PLUIE, 1986.
LA PRISE DE GIBRALTAR, 1987.
LE DÉSORDRE DES CHOSES, 1991.
FIS DE LA HAINE, 1992.
TIMIMOUN, 1994.
MINES DE RIEN, 1995.

Aux Éditions Hachette

JOURNAL PALESTINIEN, 1972.

Aux Éditions SNED (Alger)

POUR NE PLUS RÊVER, 1965.

Aux Éditions Zulma

PEINDRE L'ORIENT, 1996.

RACHID BOUDJEDRA

FASCINATION

roman

BERNARD GRASSET
PARIS

© *Éditions Grasset & Fasquelle, 2000.*

ISBN 978-2-246-58781-1

L'auteur remercie le Conseil Général du Val-de-Marne pour l'aide à la création qu'il lui a accordée, pour l'écriture de ce roman.

I

CONSTANTINE

Et puis ce lieu de naissance que Lam n'a jamais pu élucider sérieusement, le vivant comme une humiliation ou une blessure. Comme s'il était né dans deux ou trois lieux différents. Et puis ce prénom, ou plutôt ce surnom dont l'unique voyelle variait au gré des caprices et des humeurs de son entourage, qu'il vivait comme une écorchure et qu'Ila n'avait jamais voulu expliquer, laissant, au contraire, le doute grossir jusqu'à cette sorte d'étourdissement qui le prenait certains matins, au lever, avant même qu'il ne quittât le lit, parce qu'il souffrait beaucoup de ces deux bizarreries qui commençaient à dévorer sa vie. Un lieu de naissance, un prénom, rien de vraiment grave, deux détails presque futiles qu'il avait tort de vouloir éclaircir, à ce qu'on lui disait. Il y avait aussi cette histoire ou légende d'Ali et d'Ali Bis dont la ressemblance était incroyable et dont le lien de parenté réel ou supposé n'avait jamais été clarifié par Ila qui avait laissé les choses baigner dans une ambiguïté qui lui était comme une deuxième nature, un besoin vital de mieux asseoir son autorité, de tenir tout son monde, sans résultat très probant, surtout lorsqu'il voyageait très loin. Comme cette expédition qu'il fit en 1930, dans le désert de Gobi, pour aller acheter des chevaux mongols afin de les croiser avec ses propres chevaux de pure race arabe auxquels il avait consacré toute sa vie; visitant toutes les contrées du monde à la recherche de l'étalon miraculeux ou de la pouliche fabuleuse. A moins que ce ne fut là un prétexte pour assouvir cette passion des voyages derrière laquelle se profilaient certainement une instabilité chronique, un désarroi qu'aucune passion ne pouvait guérir ou atténuer ou rendre tout simplement supportables; ou qu'il voulût corriger un tant soit peu ce laxisme impénitent que ses pairs lui reprochaient dans l'éducation de ses enfants.

Ali et Ali Bis avaient disparu avec quatre juments qu'ils devaient expédier du port de Bône vers Marseille ou Barcelone ou Gênes, où les attendait M. Baltayan, associé d'Ila, un

Arménien, tout aussi passionné de chevaux de pure race arabe, mais qui avait la phobie des voyages et limitait son aire d'action et d'intervention au polygone Bône-Marseille-Gênes-Barcelone ; habitude à laquelle il n'avait jamais voulu déroger au grand dam d'Ila qui eût aimé qu'il l'accompagnât partout où il allait. Depuis la disparition d'Ali et de son complice et presque sosie Ali Bis, à Bône, Ila n'avait jamais plus prononcé leurs noms. Il avait fait son deuil de la disparition de ses juments, refusé de porter plainte parce que Ali avait avec lui un lien de parenté très vague qu'il n'avait jamais voulu préciser. Il refusait qu'on évoquât l'affaire en sa présence, rejetant l'offre de M. Baltayan de partager le montant de la perte financière occasionnée par la disparition des quatre chevaux. C'est après cette trahison qu'Ila avait décidé de visiter l'archipel des Moluques et qu'il avait insisté auprès de son associé arménien pour qu'il l'accompagnât cette fois-ci, sous le prétexte fallacieux, aux yeux de M. Baltayan, que cet archipel était composé de quatre-vingt-dix-neuf îles dont Ila connaissait les noms par cœur. Cela n'avait donc pas impressionné l'associé qui depuis n'arrêtait pas de répéter, faisant exprès de déformer le nom de l'archipel : « Les Mollusques, Les Mollusques... Pas le moindre cheval dans ce bled pour les croiser avec nos pur-sang... Quatre-vingt-dix-neuf îles... Quatre vingt-dix-neuf îles... Et alors... Et alors... C'est pas la mer à boire! »

« C'est pas la mer à boire... C'est pas la mer à boire c'est tout ce qu'il sait dire, ce con de Baltayan. Et con il le restera jusqu'à la fin des temps, comme la pierre ne peut fondre ni la putain se repentir... » disait Lol (que Ila avait chargé, malgré son jeune âge, de veiller à l'éducation des enfants et de seconder son épouse dans les tâches ménagères) imperturbable. Il l'aimait bien à cause de son franc-parler, mais il savait pertinemment que son animosité à l'égard de M. Baltayan était de l'ordre du dépit amoureux, parce que, toujours selon Ila, Lol était secrètement éprise de l'associé et savait qu'elle ne pourrait jamais le séduire tant il était amoureux d'Olga, son épouse. Mais Ila, peu perspicace dans ce genre d'affaires sentimentales, se trompait : Lol était amoureuse d'Olga.

Lol, un peu garçon manqué, ne quittait jamais Lil, l'épouse d'Ila, qu'elle vénérait. Elle l'aidait à élever les derniers venus et à veiller à la bonne marche de l'immense maison. Elle avait un langage truffé de grossièretés et d'obscénités qui ne choquaient plus personne. Lol était un peu neurasthénique en hiver, et quelque peu hystérique en été. Mais elle était intraitable sur la propreté et la décoration. Elle avait beaucoup de goût pour disposer les meubles, composer des bouquets magnifiques, bien qu'extravagants; dresser une table; confectionner des mets raffinés et toujours originaux. Avec un certain sadisme, elle faisait la guerre aux oiseaux, qu'elle détestait et qu'elle pourchassait afin de les empêcher de s'engouffrer à l'intérieur de la maison. Lorsque les enfants osaient s'entremettre entre elle et les oiseaux, elle les grondait et les houspillait, utilisant le langage très cru qui tranchait avec sa beauté, son élégance légendaire, sa grande classe, son savoir-faire et son savoir-vivre. « Vous osez défendre ces prédateurs de Dieu qui salissent la terrasse avec leur fiente dégoûtante! Fils de putain.... Vous craignez les oiseaux et vous me désobéissez, moi qui vous élève si bien! Moi qui essuie votre merde avec mes deux mains! Enfants de putain. Vous voulez jouer les mâles, alors que le bon Dieu ne vous a pas encore greffé la moindre petite bite digne de ce nom... Avec vos petits zizis ridicules vous finirez pas me lécher le cul! Vous verrez... Vous verrez bien... » Puis, elle s'en allait. Majestueuse. Imperturbable. Avec ce port incroyable. Ces yeux noirs et immenses. Cette peau presque noire. Ces robes très décolletées qu'elle confectionnait elle-même dans l'immense atelier de couture sur lequel elle régnait avec la participation active et la complicité de Lil.

Chaque fois qu'elle s'emportait contre les enfants, ils se cachaient dans les arbres du jardin, effrayés par sa violence soudaine, choqués par ses obscénités. Ils y restaient parfois de longs après-midi en attendant qu'elle se calmât et qu'elle vînt les chercher pour le goûter. Lol avait l'habitude, quand elle entrait dans la cuisine, de regarder d'une façon maniaque et soupçonneuse sous l'évier, à la recherche des caravanes de sangsues, des cohortes de grosses limaces et des tribus de mollusques. Les Moluques – Mollusques, s'entêtait à dire Lol – pour imiter M. Baltayan *(90 îles et îlots. 74 500 km. 1 400 000 habitants islamisés au XVe siècle par les marchands arabes. 201 jours de pluie. Production : clous de girofle, noix de muscade, etc. Noms des îles les plus importantes : Halmahera, Céram, Buru, Ternate, Tidore, Amboine, Missul, Obla, Sula, etc.)* roses et glaiseux qu'on aurait dits enduits de savon à l'essence d'amande et d'huile d'olive ; toujours en activité, en perpétuel mouvement, déjouant les ruses de la jeune fille qui en avait, en fait, une peur bleue ; d'autant qu'ils faisaient échec à tous ses pièges ; se déplaçant (les mollusques) d'une gouttière à l'autre, d'une canalisation à l'autre, d'un robinet à l'autre et d'une tuyauterie à l'autre, éternellement assoiffés, à l'affût de l'humidité, laissant des traînées visqueuses et des traces dégoûtantes. Lol déversait dans les coins et recoins les détergents meurtriers qui inondaient les chambres, s'insinuant à l'intérieur de chaque trou, interstice ou lézarde. Lol passait donc son temps à fantasmer toutes sortes d'horreurs, à l'affût de chaque microbe, de la moindre saleté ou impureté ou fermentation ou mousse ou...

Constantine aperçue d'une fenêtre apparaît aux yeux de Lol comme un volume énorme blanc et ocre qui dégringole par paliers successifs entre le rocher et la plaine; pour ainsi dire gribouillée, telle une tache sur le cadastre des formes accumulées, stratifiées et surchargées. La Kasba très vieille a l'air fragile, poreuse et dentelée. Elle donne l'impression de se briser en mille segments. Se diffractant. Se dissolvant. Se reformant à nouveau, un peu plus loin. Se conglomérant. Se boursouflant. Se dédoublant. Se surchargeant. Selon un rythme halluciné. Fluorescences zébrées d'éclairs. Violacées. Orangées. Se croisant comme des lignes de fuites. Se dilatant. Se tordant. Sans interruption. Constantine, qu'il connaissait aussi par les nombreux guides et autres prospectus concernant tant de villes visitées par Ila, qui débordaient de tous ses tiroirs et de ses poches. — *D'abord connue sous le nom carthaginois de Marim Batim, elle porta longtemps celui (romain) de Cirta. Capitale des rois Numides, elle fut, ensuite, une colonie romaine (IGITUR QUARTO DENIQUE DIE HAUD LONGE AB APPIDO CIRTA UNDIQUE SIMULSPECULATORES SITI SE OSTENDUNT. ITA IUGURTHAM SPES FRUSTRATA.* (SALLUSTE, les Guerres de Jugurtha.) *Ruinée par une insurrection en 311, elle est reconstruite par Constantin dont elle prend le nom. Saccagée par les vandales plusieurs fois et occupée par les différents rois musulmans dès le premier siècle de l'Hégire, elle est, lors de la conquête française, en 1836, le siège d'un Beylicat indépendant. Attaquée en vain en 1836 par Clauzel, elle est prise le 13 octobre 1837 par le Général Valée. L'aménagement urbain de la ville, d'un type d'habitat spontané et millénaire, a de quoi laisser perplexe. Constantine est constituée par un puzzle de quartiers formant un tissu urbain très morcelé qui sont autant de coupures profondes des gorges du Rhumel franchi par quatre ponts vertigineux. Le site est celui d'un oppidum romain. Place forte d'abord punique, puis romaine et enfin arabe, elle garde le passage entre les deux barrières naturelles qui l'encadrent* — est comme penchée. Constantine, c'est-à-dire ce que l'œil de Lol voyait d'abord monter vers lui : une sorte de rumeur à la fois concrète et confuse. Molle. Elastique. Elle apparaissait d'une façon évidente voire criarde, telle une structure émanant de ce grouillement de détails agglomérés au premier plan. Avec ses toitures couvertes de tuiles rouges comme des écailles volumineuses aux nuances prune, sanguine ou grenadine. Ainsi : ville méditerranéenne, bien que située loin de la mer. Caricaturale. Avec le linge qui sèche aux fenêtres. Signes grouillants donc. En trois, quatre, voire cinq plans au moins. Trop abrupts au premier. Sommaires. Hachés. Elliptiques. Pointillés aux deuxième et troisième. Passés, fragmentés, dissous aux quatrième et cinquième plans. Rangées de fenêtres, de terrasses, de coupoles, de falaises beiges et roses, de cadastres agricoles vert délavé. Puis, ocre, jaune, cinabre, jonquille, comme un patchwork, ton sur ton. Mais les couleurs changent très vite et passent de l'éclat violent à quelque chose de doux. Constantine, ville dans laquelle se trouvait la maison natale (?) de Lam avec au-dessus une sorte de grenier immense qu'habitait Ali et dont il avait fait un antre indépendant puisqu'une porte et un escalier donnaient sur le fond du jardin où personne ne venait, à l'exception de son assistant Ali Bis qui s'était mis à lui ressembler. Et de Lol...

Fascination

Toute la maison exhalait un parfum à la fois subtil et pénétrant : tissus moisis ou trop neufs que Lol rangeait d'une façon rigoureuse ; abricots séchés qu'on utilisait comme condiment de base pour faire la cuisine familiale ; huiles diverses (huile d'olive stockée dans des jarres berbères et écaillées, huile à graisser les machines contenues dans de gros tubes chromés et brillants, huile de camphre pour soigner les pneumonies des enfants, huile...) et autres oléagineux tant domestiques qu'industriels. Maison constantinoise dégageant son odeur de tissus collectionnés amoureusement par Lol : le crêpe de Chine en particulier pour lequel elle avait une véritable passion. Une odeur âcre. Comme si la permanence de ces vieilles traditions culinaires et vestimentaires, profondément ancrées dans cette maison, nourrissait la nostalgie entretenue par Lol.

Elle passait son temps pendant l'été à confectionner de superbes bouquets de fleurs jaunes et à se déguiser en homme pour aller fuguer dans les stations balnéaires de Bougie, Philippeville, Bône... à la recherche d'aventures amoureuses et lesbiennes ; à recevoir une de ses amies avec laquelle elle s'enfermait à double tour dans sa chambre, aux heures chaudes de la sieste. Lam avait souvent surpris les deux femmes alors qu'elles faisaient l'amour. La première fois, c'était par hasard. Ensuite Lam s'était arrangé pour les regarder à travers un trou qu'il avait fait dans la porte de la chambre. Elles étaient nues toutes les deux. Emportées dans un corps à corps tumultueux. Lol, au corps élancé et fuselé, avait une magnifique poitrine toute ronde et toute ferme, aux aréoles lilas. Son amie, plutôt boulotte, plutôt petite, avait une poitrine de petite fille. Lol, folle, violente, avec son sexe qui se découvrait par intermittence au gré des mouvements. Sexe épilé. Comme pelé. Saugrenu. Avec le sillon rouge, balafre longitudinale qui le couturait de part en part. Moite. Rouge. Comme celui des fillettes de la maison, quand elles urinent, accroupies dans le jardin, à côté du mûrier tellement touffu. Sexe de Lol. Glabre. Lisse. Avec la languette, sorte de drain, un peu artificiel, comme surajouté, d'une couleur bistrée, donnant une impression de cratère indescriptible. Ahanements. Plaintes. Cris étouffés. Comme des sortes de râles. L'amie de Lol, plutôt cachottière et mariée, exhibait, elle, un pubis touffu aux longs poils souples et noirs qui couvraient tout le bas-ventre donnant l'impression d'une masse de lave plaquée entre les deux cuisses très blanches, très courtes et très musclées. Phénoménales. Lol, elle, pas vraiment

folle. Bizarre. Vieille fille déjà à vingt ans malgré sa beauté, sa forte personnalité et le rôle pré
pondérant qu'elle jouait au sein de la famille,
voire l'ascendant qu'elle avait sur Ila qui en avait
peur et n'avait jamais voulu expliciter le lien de
parenté de Lol avec le reste de la famille.
Comme il se taisait, volontiers, au sujet d'Ali
qui était parti avec les quatre juments et n'était
jamais revenu. Ni lui ni Ali Bis, son assistant,
son sosie et maintenant son complice. Depuis,
Ila vivait avec, dans les yeux, cette perplexité
définitive. Il n'avait rien dit. Mais il s'empressa
d'adopter une petite fille, quelques mois après
la fuite d'Ali. Il la prénomma *Inbihar* (*Fascination*) du nom de la plus belle et la plus véloce
jument parmi les quatre qui devaient être
convoyées jusqu'au port de Bône et dont il
n'avait jamais plus eu de nouvelles. Ce fut sa
façon à lui de faire le deuil de cette sombre
affaire de trahison, et de pardonner à Ali et Ali
Bis.

Ou tout au moins de ne pas trop leur en
vouloir parce que, malgré sa déception, il n'avait
pas oublié les dons particuliers qu'avaient les
deux hommes pour mener à bien l'élevage des
pur-sang arabes, souvent croisés avec des pur
sang mongols, anglais ou andalous, voire avec

des mustangs qu'il allait chercher au fin fond de l'Amérique. Mais *Inbihar*, la petite fille récemment adoptée par Ila, mourut quelques mois après son arrivée dans la maison d'Ila qui vécut là son deuxième deuil et décida de ne jamais plus en parler.

Habitués à passer la nuit dans les plus grandes maisons closes de Bône chaque fois qu'ils convoyaient les chevaux pour les expédier en Europe, Ali et Ali Bis avaient fini par s'amouracher chacun d'une des nombreuses prostituées qui peuplaient Le Chat Noir. Ali avait jeté son dévolu sur Mali, une Dogonne somptueuse qu'on surnommait Kol, à cause de la couleur de sa peau qui rappelait celle du khôl dont elle abusait pour maquiller ses yeux vert-de-gris. Ali Bis, lui, avait jeté sa gourme sur Jeanne, une Française originaire de Bordeaux, à la peau blanche, aux cheveux noirs, aux yeux très bleus et aux formes généreuses. Jeanne était languide, molle et paresseuse. Elle passait son temps, entre deux clients, à lire *Ulysse*, le roman de Joyce que lui avait offert Ali Bis pour l'initier à ce genre de littérature. Elle avait fini par s'identifier à Molly, le personnage du roman dont elle lisait des passages à qui voulait bien l'écouter. Elle parlait tellement de ce personnage que les autres pensionnaires du Chat Noir finirent par l'appeler Mol. Un surnom qui résumait bien la nature langoureuse de Jeanne et sa passion pour la Molly de Joyce.

Une fois les chevaux expédiés et l'argent empoché, les deux hommes avaient pris l'habitude de se précipiter dans cette maison close, la plus huppée de Bône pour y assouvir leurs passions amoureuses et leurs penchants alcooliques. Mol, la préférée d'Ali Bis, aimait la bonne littérature et les billets de banque. Dès le début de sa rencontre avec Ali Bis, elle avait lorgné la sacoche bourrée d'argent que les deux éleveurs trimbalaient avec eux. Très vite elle entreprit de convaincre Ali Bis de partir avec le butin à Marseille où elle avait quelques amies. Fille d'un gros vigneron bordelais, elle avait quitté son pays après une sombre histoire d'amour avec un autre vigneron très riche, beaucoup plus âgé qu'elle et implacable concurrent de son père.

Ali Bis résista longtemps aux sollicitations de Mol. Il ne voulait pas trahir la confiance d'Ila : celui-ci l'avait sorti très jeune des rues de Constantine où il vendait des cigarettes et des journaux à la criée, et en avait fait un excellent vétérinaire, major de sa promotion de l'école de Maisons-Alfort. Il ne voulait pas non plus porter préjudice à Ali, presque son frère, presque son sosie. Mais Mol, très charnelle, avait des arguments sérieux et Ali Bis finit par céder aux supplications de son égérie. Un soir où l'euphorie était à son comble dans la maison close et pendant que Ali faisait l'amour avec Kol au premier étage, les deux complices quittèrent subrepticement les lieux avec la sacoche et disparurent à jamais.

Au réveil, Ali comprit tout de suite ce qui venait de lui arriver. Il décida de ne pas revenir à Constantine mais de partir à la recherche d'Ali Bis. Il savait qu'il n'y avait qu'une façon de quitter Bône, et prit un bateau pour Marseille, à la poursuite de son sosie, son ombre et maintenant son ennemi mortel : Ali Bis, bègue de surcroît, et amoureux de Mol la Bordelaise. La poursuite allait durer plus d'un quart de siècle.

Lam, dès l'enfance, s'était passionné pour cette histoire dont Ila ne voulait jamais parler. Mais Lol et Lil avaient distillé des bribes par-ci et des bribes par-là, même lorsque, petit, elles lui racontaient les péripéties de cette incroyable aventure ou de cette terrible trahison sur laquelle Ila avait gardé le silence. Longtemps l'enfant avait cru qu'il s'agissait d'une légende inventée de toutes pièces par l'imagination infatigable de Lol qui savait très bien raconter les histoires les plus farfelues, et les rendre presque crédibles, mais elle terrorisait les hommes, sauf Ila, qui l'avait ramenée, alors qu'elle avait à peine dix ans, de son village natal : elle avait perdu prématurément ses parents pendant le massacre du 8 mai 1945 commis par les troupes françaises. Il l'avait élevée comme sa propre fille. De ce même village, il avait arraché Ali dont les parents avaient été tués lors de l'épidémie de typhus qui avait dévasté le pays à la fin des années trente. Ali avait alors dix ans et n'avait cessé jusqu'à cette disparition de vouer à Ila une admiration sans faille. Le lien de parenté entre Ila, Ali et Lol n'avait donc jamais été clairement établi – Il s'agissait plus d'un lien tribal que familial. Mais le maître n'osait pas le reconnaître parce qu'il avait adopté plusieurs orphelins, leur avait donné son nom et avait affublé chacun d'eux d'un surnom composé de trois lettres. Il considérait qu'ils étaient donc les siens ; et plus même ! Très vite, Ali obtint la gestion des haras et Lol la charge de la maison. Ni l'un ni l'autre n'avaient voulu poursuivre leurs études après le baccalauréat.

Autant Lol savait terroriser les hommes, les sidérer et les tétaniser, autant Ali savait amadouer, dompter, câliner et dresser sans aucun effort particulier les chevaux de grande race dont il avait la charge. Mais Lol elle-même avait toujours été terrorisée par son horrible grand-mère qui, restée au village, continuait pourtant à la persécuter de loin avec ses ragots, ses caprices, ses exigences, ses demandes d'argent inlassablement répétées, ses émissaires qui ne cessaient pas de harceler Lol, de la culpabiliser et de la dépouiller de ses économies, de ses bijoux et de ses toilettes. A son tour Lol avait terrorisé tous les hommes excepté Ila qu'elle vénérait, et Ali avec lequel elle avait érigé des rapports de fraternité, éblouie qu'elle était par ses qualités humaines : une générosité éparpil-lée, une tendresse presque féminine et une force physique peu commune. Jusqu'à son départ pour Marseille (ou Barcelone ou Gênes?), à la poursuite d'Ali Bis qui l'avait trahi pour les beaux yeux et le beau corps de Mol, Ali avait toujours protégé Lol de la méchanceté, de la cupidité et de la cruauté de son horrible grand-mère, sardonique, toujours inassouvie et pesant son quintal et demi. Celle-là même qui la punit méchamment lors de sa première fugue! Elle faisait chanter Lol à cause de ses mœurs parti-culières. Mais Ila, au courant de toutes les extra-vagances de Lol, fermait les yeux à ce sujet, avec une bienveillance incroyable et une ouverture d'esprit très rare à l'époque, dans cette société constantinoise, archaïque et recroquevillée sur elle-même. Cette grand-mère, aussi, qui fut photographiée, à sa demande, sur son lit de mort. L'œil gélatineux et vitreux. Comme vitrifié, plutôt. La tête surmontée d'une coiffe rigide conique et sacerdotale, en velours rouge garance, incrustée de gros diamants bleus qu'elle avait soutirés à Lol qui les avait elle-même reçus d'Ila comme une partie de son trousseau pour un éventuel mariage auquel il n'avait jamais cru. Mais il faisait semblant pour ne pas effrayer Lil, son épouse, qui, bien que compréhensive, n'était pas aussi avancée que lui. Vieille fille à vingt ans, déjà, aux yeux des autres, Lol était lesbienne d'une façon désinvolte. Presque sans trop savoir pourquoi ni comment. Lam, qui l'avait épiée pendant toute son adolescence, savait qu'elle était très infidèle et changeait vite de partenaire ; il lui arrivait aussi d'en avoir plusieurs en même temps. Lol en plus des femmes, des chevaux arabes, de la couture et de la cuisine, avait une passion pour la confection de bouquets de fleurs jaunes qu'elle cueillait à son réveil, avant toute autre activité.

Lam se souvenait surtout de cette amie de Lol, une Française avec laquelle elle avait vécu une véritable passion amoureuse pendant une, deux ou plusieurs années, voire beaucoup plus. Ce qui n'était ni dans les habitudes de Lol ni dans son tempérament. Agée d'une trentaine d'années, son amie était belle, pulpeuse, passionnée de toilettes extravagantes, de coiffes algériennes compliquées et vertigineuses, de parfums musqués et de maquillages carnavalesques mais de bon goût. On la disait mariée à une sommité de la faculté de médecine d'Alger. Elle faisait le voyage à Constantine, une fois par mois, pour lui rendre des visites ponctuelles qui duraient une semaine ou deux. Les deux femmes s'enfermaient alors dans la chambre de Lol, de longs après-midi, et Lam les avait donc surprises à la fin de l'enfance et au tout début de l'adolescence, en train de. En train de quoi faire d'ailleurs? Il était alors incapable de le dire, mais il se souvenait surtout et encore aujourd'hui du contraste formidable entre le pubis de Lol, épilé, glabre et lisse, et celui de Loly, son amie française, monstrueusement poilu. Mais il était incapable de dire, même aujourd'hui, avec précision ce que...! Lol était lunatique. Cyclothymique. Mais somptueuse. Elle avait refusé tous les partis et, à chaque refus, sa grand-mère envoyait des lettres cruelles ou bien des émissaires pleins d'arrogance et de lubricité. Ila laissait faire et ne pipait mot.

Fascination

A chaque prétendant éconduit il disait laconiquement à Lol : « C'est ton droit de refuser qui tu veux et c'est ton droit de choisir qui tu veux. » Mais le reste du clan, l'entourage et les voisins la rangèrent très vite dans la catégorie des vieilles filles, passé l'âge de vingt-deux ans. Définitivement. Irrémédiablement. Lil, sa mère adoptive qui devinait confusément la véritable nature de Lol, alla même jusqu'à l'encourager d'une façon discrète, à rester célibataire et à favoriser ses relations amoureuses avec les femmes : « On ne sait jamais avec les hommes ! Va savoir sur qui tu peux tomber... Il n'y a que Ila qui respecte les femmes, parce qu'il aime trop les chevaux... Ali aurait pu être un bon parti pour toi... Mais voilà, non seulement il aime trop les chevaux mais il boit trop... Dommage qu'il boive trop... Mais il ira quand même au paradis parce qu'il est bon avec les chevaux... Trop bon, peut-être... On dit même qu'il. » Puis, sans finir sa phrase, Lil était prise d'un fou rire irrésistible dont seule Lol pouvait décoder le sens. En fait Ali aimait boire et préférait passer son temps libre avec les prostituées du plus grand bordel de Bône qu'il fréquentait assidûment, toujours flanqué d'Ali Bis, son alter ego, son presque sosie (une sorte de ressemblance apparue progressivement à force de mimétisme de la part d'Ali Bis plein d'admiration pour Ali et qui avait fini par l'imiter en tout, jusqu'à lui ressembler d'une façon troublante et se débarrasser de ce bégaiement qui ne le reprenait que lorsqu'il était longuement séparé d'Ali) et son complice peu loquace, parce qu'il était bègue et ne voulait pas qu'on s'en aperçoive, sinon il devenait ombrageux et violent, d'autant qu'il avait le coup de tête terrible et était capable d'assommer plusieurs adversaires, l'un après l'autre, jusqu'à ce que Ali lui intimât l'ordre de cesser le combat. Il obtempérait alors immédiatement. Demandait des excuses et passait la soirée à pleurer dans le giron d'une des prostituées, cette grande et solide Bordelaise. Taciturne et élégant, Ali Bis avait fait d'excellentes études de vétérinaire à Maisons-Alfort. Il différait en cela de son maître et acolyte qui, lui, était plutôt négligé, peu enclin aux études et le raillait sur sa coquetterie et son élégance vestimentaire, allant jusqu'à l'humilier méchamment, quand il avait trop bu. « T'as pas l'air d'un pédé à t'attifer de la sorte et ces cravates en soie...! Tout ton fric y passe...! T'es con ou quoi... Tu ferais mieux de te dégotter un bon toubib pour te débarrasser de ton bégaiement... Parce que tu sais! tes costards en soie, tes chaussettes en lin et tes cravates en velours cardé, c'est pour cacher que tu es bègue... Ça fait efféminé tout ça! T'as l'air d'une pouliche enrubannée le jour de la pesée... Ça fait désordre pour un petit vétérinaire, même dans un haras de luxe... Le plus grand et le meilleur du monde. Le haras d'Ila... L'homme le plus... » Ali Bis, chaque fois qu'il était houspillé par son ami, était pris de fou rire, lui qui ne riait jamais. Il avait plutôt la larme facile et, au cinéma, toujours accompagné d'Ali, il n'arrêtait pas de se moucher. Quel que soit le film. Même s'il s'agissait d'un western américain. Ils allaient en voir, en cachette d'Ila qui avait une dent contre les Yankees parce qu'ils avaient exterminé massivement les Indiens qu'il appelait « Nos frères les Peaux Rouges ». Comme il dénonçait les Australiens et les Néo-Zélandais pour avoir exterminé les Aborigènes : « Ils se font oublier ceux-là, mais ils ont commis les mêmes génocides ! » Ila ne cessait pas d'ailleurs de lire et de relire les Mémoires des généraux américains qui avaient participé à l'extermination des Indiens. Entre autres choses, il aimait citer le colonel major Winkoop, chef de la première compagnie de cavalerie américaine du Colorado qui écrivait en 1864 : « *Femmes et enfants furent tués et scalpés, les bébés tués au sein de leur mère, et tous les cadavres furent mutilés de la manière la plus horrible. Les cadavres des femmes furent profanés de telle manière que le récit que j'en fais me rend encore malade ; et pendant tout ce temps le général*

Chivington incitait ses troupes à pérpétrer leurs outrages indécents, obscènes et diaboliques. Il y avait un petit enfant probablement âgé de trois ans, tout juste assez grand pour marcher dans le sable. Les Indiens s'étaient enfuis et ce petit enfant tentait de les rejoindre. Il était absolument nu et titubait sur le sable péniblement. Je vis un homme démonter à environ 80 mètres, lever son fusil et faire feu. Il manqua l'enfant. Un autre soldat s'esclaffa et dit : "Laisse-moi tirer cet enfant de pute je veux l'avoir." Il descendit de cheval, se mit à genoux et tira, mais il le manqua. Un troisième homme fit une remarque semblable, puis tira. L'enfant tomba. » Mais c'est en regardant les films burlesques que Ali Bis pleurait le plus. Il y chialait carrément. Avait des sanglots qui faisaient rire les spectateurs qui ne regardaient plus l'écran mais Ali Bis en train de s'exhiber. Dans ces situations Ali ne pouvait rien faire. C'est pourquoi il décida de ne plus aller voir de films burlesques pour ne plus assister, impuissant, à ce désastre causé par Ali Bis, travaillé par ses émois et ses démons. Ali Bis s'y rendait donc tout seul, pleurer toutes ses larmes en regardant les films de Charlot, de Keaton, des Marx Brothers... Dépité par son incapacité à endiguer les crises de larmes d'Ali Bis, le grand prestidigitateur des haras d'Ila dit un jour : « C'est parce que tu pleures trop dans les cinémas que tu es bègue ! » Il ne le dit qu'une fois mais cela suffit à rendre Ali Bis encore plus bègue. Beaucoup plus bègue. Et c'est à cette période qu'il entra dans une sorte de mutisme presque définitif et qu'il se mit à s'habiller très élégamment.

Lol était au courant des faits et gestes des deux acolytes, et de leurs virées nocturnes dans les bordels de Bône chaque fois qu'ils convoyaient les chevaux au port de la ville après les avoir installés dans des box spacieux et confortables, sur les bateaux en partance pour Marseille, Gênes ou Barcelone. C'était à l'époque où les bégaiements d'Ali Bis avaient empiré que Lol était tombée amoureuse pour la première fois, lorsqu'elle avait fait la connaissance de cette Françoise, qui s'était affublée du surnom de Loly pour être plus proche de Lol et brouiller les pistes par rapport à son mari, professeur de médecine à la faculté d'Alger. Très vite les escapades de Loly à Constantine devinrent de plus en plus rapprochées. Elle faisait le voyage d'Alger en train-wagon-lit première classe, dans une excitation qui la tenait éveillée jusqu'au Khroub, nœud ferroviaire où le train s'arrêtait longuement pour faire provision de charbon, et ville distante d'une douzaine de kilomètres seulement de Constantine. Loly savait à ce moment-là qu'elle avait juste le temps de dormir une heure avant l'arrivée triomphante en gare de l'ancienne Cirta, une heure pour récupérer quelques forces avant le déchaînement des sens qui l'attendait dans la chambre de Lol.

Elles se déshabillaient dès la porte verrouillée, et se laissaient emporter dans un corps à corps interminable. Les rencontres entre les deux femmes devinrent très fréquentes. Un peu trop au goût de Lil qui appréhendait le scandale qui pouvait rejaillir sur la famille, si la vraie nature de leurs rapports venait à être découverte. Les deux amantes s'arrangeaient pour enfermer avec elles un matou noir dans la chambre. Pourtant c'était là une opération difficile – voire périlleuse – tant le chat était orgueilleux. Farouche. Intouchable. Il ne réclamait jamais à manger. Mais surgissait brusquement au-dessus de la table familiale lors des repas plantureux, et d'un seul coup de gueule emportait ce qu'il y avait de meilleur. Juste un éclair noir avec cette rayure bleue (les yeux) comme lui barrant la gueule. Viande ou poisson ou poulet. Bien sûr. Là le chat noir – il y en a toujours eu dans la maison – ne faisait plus semblant. Il razziait en quelque sorte la famille au grand effroi de Lil qui – superstitieusement – n'osait pas le maudire, l'invectiver ou fixer sur lui ce regard timide et débordant d'une sorte de bonté innée qu'on ne lisait pas dans ses yeux mais sur la peau de son visage et surtout sur ses pommettes proéminentes, halées et lisses, et qui fascinaient tout le monde et plus particulièrement Ila amoureux fou de son épouse. Les deux femmes s'enfermaient donc dans la chambre de Lol et s'arrangeaient toujours pour coincer le matou et le garder avec elles. C'était là – aux yeux de tout le monde – un exploit sportif proprement prodigieux. Parce que personne n'avait jamais pu l'approcher ou le saisir malgré toutes les supercheries et les guets-apens. Parce que – au fond – on n'avait pas l'impression que c'était un vrai chat. Mais plutôt une abstraction féline à l'encre de chine. C'est-à-dire la terrifiante matérialisation non pas d'un corps de chat comme on en voit partout mais l'idée même de sauvagerie, de bestialité et de violence. Vieille fille, déjà, à vingt-cinq ans, Lol était superbe. Indomptable. Bizarre. Mais toujours terrorisée par sa grand-mère. En fait, elle était bourrée de complexes. Elle demandait souvent à séjourner dans une clinique psychiatrique et ne cessait de harceler le Dr Bloch, le médecin de la famille et l'ami de longue date d'Ila, pour l'y faire admettre. Comme pour fuir son acariâtre ascendante qui avait l'œil sur elle et que les différentes interventions d'Ila en faveur de Lol laissaient froide. De même que l'un de ses oncles – l'oncle Kal – qui ne quittait pas le giron de cette même grand-mère terrifiante et horrible, disant, répétant, mort de jalousie et pour être dans les bonnes grâces de sa maman et la flatter : « Ma pauvre nièce, elle n'a pas eu de chance avec les hommes, le cousin Ila non plus, trop naïf avec les femmes qui sont toutes des vipères, toujours à adopter des bâtards, à élever des chevaux de pure race arabe qu'il dit ! Toujours à voyager chez les nègres sauvages, les jaunes chinetoques, les apaches rouges... A moi il me donne franchement le tournis n'est-ce pas maman ! » Lol neurasthénique donc. Toujours en train d'arranger ses magnifiques fleurs jaunes. Ou en train de s'enfermer avec son amie dans sa chambre. Ou en train de frotter énergiquement ses cuivres. Surtout une vieille et antique aiguière. Comme revêche. Comme hargneuse. Peut-être à cause de ce bec sur lequel elle s'esquintait les doigts à vouloir le faire briller plus qu'il n'en faut. Plus qu'il ne peut. Ce bec dont l'ombre grossie démesurément à certaines heures de la journée donnait l'impression non pas d'un bec mais d'un animal préhistorique gigantesque et effrayant. Lol avait un cerveau qui fonctionnait avec une rapidité fulgurante. Il était bourré d'agglomérats de phrases imaginaires, schizophréniques et étranges, traversant, quand elle était en crise, le territoire verglacé de son corps. Elle était obsédée par les chaînes de nombres et les codes combinatoires. Hantée par les chuchotements interférant à l'intérieur de son plus profond sommeil. Une tempête de signes concassés, de lignes brisées, de traits effilochés et de courbes détramées se déchaînait alors sous son crâne, lors des grosses bouffées d'angoisse. Irruption dans sa mémoire de vagues souvenirs confus, hachés, répétitifs et sanglants : soldatesque en furie en train de massacrer les enfants, de violer les femmes et de brûler les maisons. Et surtout cette image d'un gigantesque Sénégalais en train de couper les oreilles de sa mère pour lui arracher ses grosses boucles d'oreilles, l'écarteler, la violer et l'égorger au moment de l'orgasme. C'était le 8 mai 1945 : jour de la libération de la France de l'occupation allemande, fêtée par les nationalistes algériens qui en avaient profité pour lancer quelques slogans autonomistes, déployer quelques banderoles revendicatives, quelques drapeaux algériens ; ce qui allait attiser la colère des gros colons, qui se mirent à tirer hystériquement et aveuglément sur la foule désarmée, pacifique et attaquée de plein fouet. Puis venait le tour de la soldatesque... Lol, durant ces crises fréquentes, finissait par aller se réfugier dans le lit de Lam qui avait à peine dix ans. Il était le dernier venu dans la famille d'Ila qui après chaque adoption jurait tous ses dieux que c'était la dernière et qu'il n'adopterait jamais plus d'autres enfants. Lol se contentait de se blottir contre Lam ou de le prendre dans ses bras, alors qu'il était tout endormi. Puis rassurée, calmée, elle s'endormait à son tour, en suçant son pouce. Elle avait déjà plus de vingt ans.

Lam n'avait jamais rien compris à son surnom que chacun prononçait à sa guise, d'une façon si brève et si courte, comme une sorte de négation de lui-même. Ce qui l'avait toujours agacé, depuis qu'il était enfant. Il n'avait rien compris non plus à son vrai lieu de naissance, resté une énigme désastreuse que chacun s'acharnait à rendre plus complexe et plus obscure ; ni à sa vraie date de naissance que chacun aussi manipulait au gré des fluctuations familiales, des événements politiques et des vraisemblances historiques. Lam n'avait jamais osé en parler à Ila qui, en fait, était le seul à savoir exactement pour quelles raisons son identité avait été arrangée, rafistolée et peut-être définitivement brouillée, à tel point que même son père adoptif n'eût pas été capable de la restituer d'une façon claire et rigoureuse. Même Lil n'en savait trop rien et chaque fois qu'il essayait de lui poser la question ou plus exactement les trois questions, elle partait dans un fou rire extraordinaire, comme elle en avait le secret. Un fou rire souvent contagieux qui finissait par briser la volonté de Lam à aller au bout de son interrogatoire, d'autant que Lil avait, aussi, l'art de le consoler, de l'étreindre et de le calmer. Il restait alors sous le charme de ses fous rires qu'il ressentait comme une sorte d'analgésique qui calmait cette douleur dont il avait, maintenant, l'habitude. Il restait là, sous le charme, blotti entre les bras de Lil qui essuyait furtivement une larme. Lil disant : « Mais qu'est-ce que ça peut te faire... Ce qui compte c'est ton état-civil officiel... C'est Lol qui te monte la tête et puis qu'est-ce que j'en sais moi de toutes ces salades... Tout ce que je sais c'est que tu es mon fils... Le reste... »

Lam restait souvent dans son lit quelques instants très courts mais éblouissants avant de se lever et avant de se coucher. Entre ces insaisissables interstices du temps, qui donnent aux phénomènes une enflure, une volubilité et une sorte de grabuge dans lesquels il s'assoupissait, il pensait, à l'intérieur de la dernière encoche de ce temps brouillé, aux chevaux d'Ila montés par Ali, par Ali Bis, par Lol, et parfois par lui-même alors qu'il était encore trop petit ; déboulant à une vitesse vertigineuse, les robes superbes et trempées de sueur, les naseaux grands ouverts,

les musculatures bandées en forme d'excrois-
sances et de protubérances ; les poitrails luisants,
les pattes fines et graciles ; déboulant donc dans
la plaine très plate du sommeil dans laquelle lui
ne s'engouffrait pas à la façon des chevaux d'Ila
aux noms incroyables : Juba II, Kahena, Jugurtha, Massinissa ou Fascination mais tombait
– plutôt – telle une grosse pierre en basalte
veiné, traversant les strates caoutchoutées du
monde, raturant le paysage mental jamais
acquis définitivement à cause de ce prénom
(surnom ?) qu'on écorchait et de cet état-civil
fallacieux. Falsifié peut-être.

Et au réveil : masse volcanique de ce doute
désastreux dans lequel il restait englué, empâté,
voire embourbé. Ces images qui s'effaçaient peu
à peu, s'abîmaient en quelque sorte, s'effilo-
chaient progressivement jusqu'à ce qu'il saute
brutalement et héroïquement hors du lit pour
commencer une nouvelle journée. La tête bal-
lonnée, comme surpressée par tous ces souvenirs et toutes ces énigmes qui finissaient par
éclater telles des bulles d'air, à travers le bouillonnement du soleil qui s'engouffrait brutalement dans la chambre dès qu'il en avait ouvert
les persiennes donnant sur le patio où Lil et Lol
prenaient toujours leur petit déjeuner. Elles
étaient installées à côté du bassin aux faïences
bleues et vertes qui diffusait une impression

vaporeuse à cause de l'eau et des couleurs dont
la phosphorescence fluait devant leurs yeux
telles de minuscules pierres de quartz coupant
les grains d'un chapelet d'ambre qui ne quittait
jamais les mains de Lil. Telles, aussi, des pastilles de mica grenues ou plutôt granulées. Ou
des échardes de lumière étincelantes grouillant
sous ses paupières comme atteintes de tra-
chome. Ou de schèmes boursouflés, comme
ganglionnaires, les uns accrochés aux autres, à
travers les strates et les volutes de fumée échap-
pées filandreusement de la cigarette de Lol qui
fumait plus par provocation que par envie.
Mais l'immense patio exhalait surtout une
odeur répétitive de tissu moisi, de jardin arrosé,
de terres grasses, de fleurs poivrées et surtout
d'abricots séchés qu'on ne pouvait pas séparer
d'elles (Lil et Lol) ; comme si elles étaient elles-
mêmes deux de ces vieillottes, voire antiques et
fragiles jarres se desséchant lentement et oisive-
ment dans la permanente et printanière (ou
hivernale ou estivale ou automnale) odeur de
mûres transformées en confiture, d'abricots
transformés en pâte à la fois gélatineuse et onc-
tueuse, baignant dans l'huile d'olive, de coulis
de tomates séchant (se concentrant ?) dans des
bacs en bois rectangulaires alignés sur la terrasse
gigantesque au carrelage rouge lie-de-vin, les
uns à côté des autres, au cordeau, dans une

perspective qui se multipliait et se diffractait à l'infini; d'incroyables grains de couscous étalés à même le sol sur des draps immaculés et amidonnés grillant au soleil de midi. Odeur des mûres donc, et des abricots baignant dans l'huile d'olive, à l'intérieur d'ancestrales jarres berbères, posées là, un peu de guingois, réparées, ou plutôt rafistolées, chaque année par le même potier patient et attentif, laissant apparaître des cicatrices mauves sur fond d'argile, ocre, presque rosé, quelque peu passé. Odeur aussi de la cannelle pulvérisée, étalée à même les tuiles vertes de la maison.

L'été, avec la canicule, l'air était, paradoxalement, comme verglacé et fétide à la fois, à cause – certainement – de la laine mouillée, dont l'odeur parvenait du lavoir situé au fond du jardin, du côté du mûrier. Relent de laine trempée pendant plusieurs jours dans des tonneaux en bois d'olivier. Nauséabonde. Sécrétant une matière grasse et douteuse. Oiseaux, aussi, comme ébouriffés par la sieste moite, et dont Ali s'occupait exclusivement, entre deux dressages de poulains et de pouliches, et à qui il apprenait à chanter, très tôt, à l'aube, avant le réveil des chevaux réputés grands dormeurs. Cordes à linge, parallèles et infinies sur lesquelles s'étalent les nappes de soie jonquille.

Fascination

Constantine avec ses ponts suspendus, son souk El Djazarine truffé d'inscriptions latines (AB OPPIDO CIRTA UNDIQUE ITA IUGURTHAM SPES FRUSTRATA) gravées à même les murs dans lesquels s'ouvrent les étals des bouchers, surchargés de viande et de têtes de bœufs dont les naseaux sont décorés de persil et de coriandre en feuilles, avec, juste en contrebas, le tramway ferrailleux et sans âge, couleur jaune, qui passait avec une régularité de métronome, toujours surchargé, avec les resquilleurs inévitables, debout sur les marchepieds bondés. Aussi : les boutiques de forgerons, minuscules, avec leur bric-à-brac monstrueux et rouillé. Le souk des bouchers était beaucoup plus grouillant : étals donc chargés de viande et dégoulinant de sang.

10 heures du soir. La nuit arrivait par le halo faiblard des lampes à carbure allumées au-dessus des étals des marchands de fruits. 10 heures du soir. Le muezzin, d'une voix nonchalante, appelait les fidèles à la prière. Les passants continuaient à cheminer tranquillement à travers la cohorte des charrettes à bras qui embouteillaient les petites rues de la ville basse, sans s'occuper des appels réitérés où perçait cependant une légère menace contre ceux qui resteraient insensibles à l'exhortation de Dieu.

Constantine

Les vendeurs de journaux : 200 HORS-LA-LOI ABAT-
TUS A CONSTANTINE. LA REINE D'ANGLETERRE REÇOIT
LOLLOBRIGIDA EN GRANDE POMPE... « JE N'AI PAS TUE
MADAME PERON ! S'ECRIE SYLVIE PAUL » s'égosillaient
à annoncer les gros titres des gazettes d'outre-
mer. Les tramways sur les grandes artères éro-
dées par la proximité du ravin devenaient plus
bringuebalants qu'au début de la journée,
comme s'ils prenaient tout à coup conscience
du temps et de la vitesse. Les receveurs somno-
laient sur leur siège à cause peut-être de l'odeur
de pieuvre grillée qui adoucissait l'atmosphère.
11 heures du soir. Le travail s'arrêtait dans les
souks. Les commerçants s'en allaient vers l'autre
côté de la ville. Prémices d'étreinte... Monde
devenu tout à coup statique... Les choses reve-
naient à leur position première. Début de quié-
tude... Mouvance lentement freinée jusqu'au
bercement au rythme duquel s'endormait la
ville arabe, épuisée par son troc et sa position
instable entre les gorges profondes et les collines
qui s'étalaient à l'infini. (Regarder s'amenuiser
les silhouettes dans les ruelles tenait du cauchemar !) Peur de Lam...

En dehors de son prénom à consonance
variable et de son état-civil chaotique, Lam était
subjugué par le destin à la fois formidable
et rocambolesque d'Ali qui aurait trahi la
confiance d'Ila en se volatilisant un jour du

mois de février 1940, quelques mois avant la naissance de Lam, avec quatre superbes juments aux noms aussi superbes et prestigieux. Ali, parti à la recherche d'Ali Bis qui avait subtilisé l'argent de la vente des chevaux, dont une pouliche du nom de Fascination I, va donc faire le tour du monde, plusieurs guerres et quelques mariages. Pour rien !

II

TUNIS

Ila n'était pas sûr de vouloir envoyer Lam au collège à Tunis. Il en avait parlé comme ça, un soir de printemps, au cours du dîner. Il fit semblant de ne pas voir les beaux yeux verts de Lil se mouiller. Une larme minuscule. Elle resta suspendue au rebord d'un cil recourbé. Fébrilité soudaine, violente mais muette de Lol qui finit par quitter la table du dîner pour fumer une cigarette et dissiper son anxiété à l'idée du départ de Lam à peine âgé de dix ans. « Il a été interné, dira-t-elle plus tard, à qui voulait l'entendre, dans un pays étranger, une ville si lointaine. – Elle n'est qu'à quelque quatre cents kilomètres! disait Ila, et beaucoup plus proche en tout cas qu'Alger où je vais souvent pour mes affaires! » Elle lui semblait située hors du monde géographique et concret. Elle, le garçon

raté, l'aventurière pleine de remous et de rêves
fous, la provocatrice de haut rang, douée d'un
anticonformisme si radical qu'il en était pathétique et émouvant, était prise de panique à
l'idée de cette séparation. Douée d'une intel-
ligence intuitive du monde et des choses du
monde, elle avait vite compris que le départ de
Lam (qu'elle rejoignait souvent dans son lit en
cas de cauchemar ou d'insomnie) pour Tunis,
était irrémédiable et inévitable parce qu'elle
connaissait bien Ila qui ne disait jamais rien en
l'air et posait toujours calmement et patiemment les jalons de ce dont il voulait convaincre
les autres et surtout son entourage immédiat,
constitué de Lil, de Fascination, son dernier
enfant adoptif (qui mourra quelques mois après
son arrivée chez Ila, d'une maladie sournoise et
difficile à diagnostiquer et dont le nom sera
donné à toute une lignée de pouliches qui
feront la gloire d'Ila), de Lol, d'Ali, d'Ali Bis et
de Lam dont le patriarche avait tracé le destin
dès son adoption, avec un sens du détail qui lui
était propre, une intuition de l'organisation
phénoménale qui en avait fait un très riche et
très renommé éleveur de pur-sang arabes, les
croisant avec des pur-sang mongols ou anglais
ou andalous ou même des mustangs américains
qu'il allait choisir lui-même en Europe, en
Amérique et jusque dans le désert de Gobi ;

allant jusqu'à les convoyer, en personne, d'Alma Ata à Constantine en camion, en train, en bateau, puis en train encore jusqu'à cette incroyable gare du Khroub rappelant à Lam les yeux larmoyants de Lil et l'attendrissement orgueilleux de Lol dans cette minable, coloniale et glaciale station, ridiculement petite alors qu'elle est située à un point névralgique du chemin de fer constantinois, passage obligé pour aller d'une grande ville de l'est du pays à une autre grande ville, et au-delà du pays vers la Tunisie ; gare où l'on changeait obligatoirement de train, aussi bien pour aller vers l'ouest, l'est ou le sud. Cette même gare du Khroub, donc, où tous les trois (lui, le futur « interné » d'un collège prestigieux et elles, les deux accompagnatrices affligées, tentant ce qu'elles pouvaient pour cacher cette affliction et paraître à la limite désinvolte comme Lil et orgueilleuse comme Lol ; chargées l'une et l'autre par Ila d'accompagner Lam jusqu'à la ville de Tunis, d'entrer dans l'internat du collège pour en vérifier la propreté et le confort, de faire intrusion dans les cuisines pour contrôler l'hygiène des lieux et la fraîcheur des aliments dont l'enfant allait se nourrir pendant sept longues années...) allaient passer quelques heures longues et fastidieuses durant lesquelles ils allaient s'épier les uns les autres, faire semblant, cacher toute velléité dra-

matique et toute tendance à l'exaltation et à
l'effusion. Mais les deux femmes avaient l'air
stupides à s'affairer inutilement autour des
nombreuses valises, pourtant bien alignées par
Lol, à s'asseoir dessus, à les ouvrir et à les refer-
mer, pour rien, mais sous le prétexte fallacieux
de voir si leur contenu était bien conforme à
la liste envoyée par l'intendant du collège
accompagnée d'une lettre péremptoire et sèche,
menaçant de renvoyer l'enfant chez lui, au cas
où il manquerait le moindre pyjama ou la
moindre espadrille ou... Leurs yeux étaient
vides de toute expression parce que trop pleins
de peur, d'émoi et peut-être même de terreur;
ceux de Lil et de Lol en particulier, chargées un
peu lâchement par Ila d'accompagner l'enfant
tout au long de ce voyage de quatre cents kilomètres. Comme si ces larmes étaient restées
figées dans leurs yeux depuis ce 8 mai 1945,
depuis le jour où Ila ramena Lol du village natal
pour l'adopter, en faire sa fille et presque la
sœur de Lil, en tout cas sa complice pour toujours. L'adolescente adoptée (après le décès tragique de sa mère et de son père qui était le
meilleur ami d'Ila et vaguement son cousin très
lointain et très aléatoire aussi!) était capable, au
contraire de Lil, de tracer son arbre généalogique et de l'égrener par cœur, avec une moue
maussade, sorte de mélange d'orgueil, de for-

fanterie et d'ironie vis-à-vis d'elle-même et de
cette origine noble et prestigieuse, d'autant plus
qu'elle était la fille unique d'un père aussi riche
que Ila, propriétaire non de chevaux arabes
mais d'un immense cheptel d'ovins et de bovins
éparpillés dans tout le pays, sans compter ses
milliers d'hectares de bonne terre produisant du
blé tendre, le meilleur du monde qu'il exportait
partout. Arbre généalogique de Lol qui aboutis-
sait irrémédiablement à cet ancêtre corsaire
d'origine turque, de surcroît, voire d'origine
grecque ou italienne ou albanaise ou... Mais vite
converti à l'Islam au XVIIIe siècle, sans aucune
vocation ni conviction, par pure opportunisme ;
propriétaire, cet ancêtre lointain de Lol, et par
la suite légataire de dix-neuf horloges siciliennes
en matière précieuse (or, argent ou platine ?) et
dont Lol seule allait hériter à douze ou quinze
ans, grâce à l'intervention d'Ila qui graissa la
patte à plusieurs fonctionnaires coloniaux et à
autant de cadis, muftis et autres notaires musulmans, puisque Lol n'y avait pas du tout droit
car elle était mineure par son âge et mineure par
son sexe, selon la loi qui régissait le droit
musulman, en matière d'héritage. Les larmes
des deux femmes étaient donc restées suspendues, immobilisées dans leurs yeux faussement
rieurs, faussement désinvoltes, alors qu'au bout
d'une heure d'attente, elles avaient fini par se

résigner à s'asseoir toutes les deux, chacune sur une des innombrables valises se faisant face, à une heure tardive de la nuit alors qu'il régnait un froid glacial et une obscurité profonde. Et Lam, debout à leurs côtés, les observant à travers ses cils humides, glissant sur ses deux accompagnatrices des regards qui se voulaient rassurants, prêtant discrètement l'oreille au halètement de la locomotive qu'on manœuvrait pour lui faire changer de voie ; se rendant compte, brusquement, de l'arrivée d'un autre train qui faisait son entrée fracassante, avalant l'espace de toute part, rejetant par jets intempestifs sa fumée charbonneuse, épaisse, lui piquant terriblement la gorge, pénétrant ses poumons, et recouvrant l'espace environnant d'un brouillard épais et suffocant, cernant les quais de la petite gare du Khroub. Et, profitant de tout ce grabuge, de cette agitation exagérée, de la descente des voyageurs, les deux femmes laissaient libre cours, sous leurs élégantes voilettes en tulle noir et brodé, à leurs larmes si longtemps retenues, décidant d'abandonner d'un commun et muet accord, l'une sa fausse désinvolture et l'autre son orgueil contenu. Et Lam restait là, debout, immobile, comme minéralisé, pendant une ou deux heures, jusqu'à l'arrivée de la correspondance sur le quai où ils attendaient tous les trois, silencieux mainte-

nant, quelque peu avachis, gagnés par le sommeil, malgré ce chagrin muet mais infect qui les
rongeait de l'intérieur. Ila avait offert à Lam,
quelques heures avant le départ vers la gare de
Constantine, une très jeune jument, disant
comme ça, sans regarder l'enfant : « Tu sais tu
pourras l'appeler Fascination II parce qu'elle est
la vraie descendante de Fascination I, celle
qu'Ali et Ali Bis avaient... » ; ne terminant pas
sa phrase, se ruant sur l'enfant. L'étreignant
avec une violence formidable. Etouffant un terrible sanglot dans les vêtements de Lam sidéré.
Apitoyé. Presque.

Dès que le train fut immobilisé, les deux
femmes se précipitèrent sur les valises, refusant
les services d'un porteur parce que trop énervées, trop terrifiées et, aussi, pour cacher leur
désarroi, faire honneur, dire qu'elles l'aimaient
désespérément. Elles, empoignant les valises, les
emportant avec une force inouïe qu'il ne leur
connaissait pas ; et lui pantois, immobile, les
laissant faire, courant maintenant derrière elles
dans la voiture de première classe, sans piper
mot, comme mort, déjà ! Elles, aussi, silen-
cieuses, comme mortes déjà ! Englouties par
cette nouvelle étape du voyage, décisive, inéluctable, et qui allait les mener jusqu'à Tunis où
elles l'abandonneraient à son sort, le laissant
seul avec son gigantesque trousseau qu'elles

avaient préparé avec minutie, allant bien au-
delà de la liste envoyée par l'intendance du collège, pour bien faire, se rassurer, en être dignes ;
alors que Lam, lui, essayait, à travers tous ces
comportements inhabituels des deux femmes,
de deviner l'ampleur du malheur qui venait de
tomber sur lui, aggravé, amplifié par ce tronçon
qui séparait les derniers arpents de la terre
natale de la grande ville inconnue où il allait,
pendant sept ans, endurer les affres de la soli-
tude, la séparation d'avec elles deux, d'avec Ila
et les superbes chevaux qui remplissaient les
stalles des haras, parmi lesquels se trouvait
maintenant Fascination II. Une fois installés ils
s'étendirent chacun sur sa couchette. Lol éteignit alors le plafonnier et tous les trois s'enfon-
cèrent dans le sommeil en tant que néant.
Comme si elles avaient décidé, de guerre lasse,
de s'abandonner à ce destin qui allait les
conduire, inéluctablement, jusqu'à Tunis dont
elles avaient gardé un mauvais souvenir puisque
c'est dans la prison militaire de cette ville qu'Ila
purgea une peine de cinq ans de prison ferme,
pénible et humiliante, pour raison politique,
quelques années avant la naissance de Lam.
Petite gare minable du Khroub, donc, mais
véritable nœud gordien ferroviaire, incontournable, qui avait jalonné toute la vie d'Ila pour
acheter ou vendre des chevaux de course dans le

monde entier ; à tel point que le mot lui-même, c'est-à-dire plutôt ces six lettres constituant le mot *Khroub*, était devenu synonyme de voyages, d'aventures, de dépaysements, d'exotismes et d'incroyables arrivages de poulains et de pouliches provenant de tous les pays du monde.

Ila ne donnait donc jamais d'ordre, ne savait jamais interdire quoi que ce soit à qui que ce soit, n'imposait jamais rien mais savait toujours suggérer les solutions ou les propositions qu'il croyait intéressantes, de telle façon que tout le monde finissait par l'approuver, abonder dans son sens et faire en sorte que ses supputations devinssent très vite des décisions, non par peur de lui déplaire mais parce qu'il avait un gros bon sens jamais contredit par les événements, les faits et les réalités. Certes, il y avait dans sa façon d'agir une certaine coquetterie et une forme de séduction qui lui permettaient de se faire obéir en douceur et de faire vivre et travailler tout son entourage d'une façon sereine, confiante, voire exaltée.

Ila était vraiment un homme merveilleux. Il avait une taille de poupée, une voix de femme et des manières fondées sur la courtoisie, l'écoute des autres et la patience vis-à-vis de sa famille, son entourage et ses centaines d'employés. Il avait le teint basané, les joues roses, les yeux incroyablement grands et incroyablement bleus, la moustache d'un blond cendré, très fournie et en forme de crocs dont il s'occupait beaucoup et dont l'entretien lui prenait plus de temps que le reste de sa toilette quotidienne. Très frileux, il était éternellement habillé, été comme hiver, d'un ensemble en tissu de fine laine et de soie cardées, de couleur invariablement bleue, comme assortie à celle de ses yeux. Il portait aux pieds de superbes bottes rouges qui lui arrivaient jusqu'aux mollets. Formidable cavalier, il avait un don particulier pour dresser les poulains et les pouliches les plus difficiles et les plus rétifs mais il n'intervenait que lorsque Ali et Ali Bis, échouant à dresser les plus fougueux, venaient l'appeler à l'aide. Il se transformait alors en maître impitoyable, exigeant et patient. Même sa voix fluette se métamorphosait, juste le temps du dressage, devenant tonitruante, claquant dans l'air comme un fouet. Ila ne se servait que de sa voix, de ses mains et de ses cuisses pour calmer les ardeurs des jeunes chevaux qu'il ne maltraitait jamais. Il avait interdit à ses jockeys (parmi lesquels il aurait aimé inscrire le nom de Lol qui depuis qu'elle était arrivée dans sa maison n'avait jamais cessé de revendiquer, avec beaucoup de véhémence et d'aplomb, de devenir la première femme jockey du pays) d'utiliser des cravaches.

Cette façon d'entraîner les chevaux lui avait valu une grande réputation et l'estime de tous les propriétaires du pays, souvent de très riches colons européens, racistes, arrogants et donc redoutables adversaires politiques face à lui qui était un nationaliste intransigeant et l'un des fondateurs du seul parti qui revendiquait clairement l'indépendance du pays, et qu'il finançait, au risque, certaines années, de faire faillite et de perdre ses haras. Ce qui aurait fait l'affaire de ses ennemis politiques et de ses concurrents éleveurs. En fait, il ne risquait pas grand-chose parce qu'il avait un banquier juif acquis lui aussi à la cause nationaliste et grand admirateur de ses haras qu'il citait en exemple. Monsieur Cohen gérait la fortune d'Ila d'une façon qui tenait du prodige, de la virtuosité et de la passion politique.

L'avocat d'Ila, maître Lévy, était juif lui aussi et acquis depuis toujours à la cause de l'indé-pendance algérienne. Il faisait tout ce qu'il pouvait pour assister Ila, lors de ses innombrables procès politiques, mais il était lui-même plus souvent en prison que son client parce que l'administration coloniale avait la haine de ce qu'elle considérait comme des opportunistes puisque les juifs algériens s'étaient vu attribuer la nationalité française par Isaac Moïse (dit Adolphe) Crémieux, ministre de la Justice du gouvernement de Défense nationale constitué après la chute de l'Empire, en 1870, et qui fut le fondateur, en 1875, de l'Alliance Israélite Universelle. Un certain nombre de juifs constantinois considérèrent cette décision et ce décret Crémieux comme une manœuvre et une forfaiture discriminatoires par rapport à leurs compatriotes de confession musulmane, une tentative perverse et dangereuse pour attiser le racisme entre les deux communautés jusque-là très soudées, se confondant l'une dans l'autre. Ou presque...

Maître Lévy avait toujours combattu ce décret imposé à sa communauté, défendu les nationalistes algériens de toute confession, dont Ila, son ami intime et son camarade de parti. Mais comme il était souvent emprisonné lui-même, cela obligeait le propriétaire des meilleurs haras d'Algérie à diriger sa propre défense, refusant tous les autres avocats et surtout celui commis d'office, par fidélité à son défenseur. L'avocat juif était, en outre, un mélomane, passionné de musique andalouse constantinoise dont les maîtres, souvent de confession israélite, s'étaient installés dans la ville en compagnie des musulmans fuyant l'Andalousie en 1492, après la chute de Grenade conquise quelques siècles auparavant par les berbères récemment islamisés d'Afrique du Nord : (« *Tarik Ibn Ziad prit la mer en l'an 92 de l'hégire – 711 de l'ère chrétienne –, avec l'assentiment de son chef Moussa Ibn Noçaïr résidant à Damas, en compagnie de quelque 300 guerriers arabes et d'environ 10 000 Numides qu'il islamisa et enrôla de force. Il les amena jusqu'au Rocher Vert qu'il baptisa de son nom, à l'occasion, le Rocher de Tarik – Djebel Tarik = Gibraltar. Ils y installèrent leur campement et construisirent des fortifications. Rodéric, le roi des Wisigoths, ayant eu vent de l'affaire, leva alors une armée de 40 000 guerriers parmi les Francs et les Chrétiens. Les deux armées se rencontrèrent dans la plaine de Jerez. Tarik les tailla en pièces, ramassa un énorme butin et fit des milliers de prisonniers parmi les infidèles. Il envoya aussitôt une missive à son chef Moussa Ibn Noçaïr lui annonçant la conquête de Gibraltar et la prise d'un énorme butin de guerre. Ce dernier en conçut de la jalousie et lui écrivit une lettre dans laquelle il lui reprochait d'avoir outrepassé ses prérogatives et lui donnait l'ordre de ne pas poursuivre son avance et de ne pas bouger jusqu'à ce qu'il le rejoignît.* (IBN KHALDOUN. *Histoire des Arabes et des Berbères.*)* Ils gardaient (les juifs algériens) de l'Andalousie une nostalgie beaucoup plus grande que celle de leurs compatriotes de confession musulmane, allant jusqu'à conserver comme des reliques les clés des maisons de leurs ancêtres, escomptant toujours un éventuel retour, gardant une volonté farouche et tenace de perpétuer les traditions de là-bas, ne cessant jamais, au détour d'une conversation, même banale, même éloignée de ce sujet brûlant, de revendiquer fièrement leurs origines grenadine, ou sévillane, ou cordouane ou... Enfermant jalousement leur généalogie authentifiée, parfois, par ce même Ibn Khaldoun qui fut souvent aussi bien cadi de Grenade, que de Séville, que de Cordoue, et même grand cadi de Tunis, de Tlemcen et du Caire ; ce même Ibn Khaldoun – toujours – qui fut le seul historien musulman à faire une analyse critique des conquêtes arabo-berbères et à prédire la décadence musulmane, la débâcle, la... Ila, lui, n'avait pas cette nostalgie-là et à ce sujet s'opposait souvent à maître Cohen.

Lam parti dans son exil tunisois, Lil et Lol s'armèrent de patience, pour attendre chaque été qui le voyait arriver le 15 juin et repartir le 15 octobre. Ainsi en avait décidé Ila qui, en obtenant de si longues vacances estivales pour le fils adoptif et prodige (à ses yeux), tentait ainsi d'atténuer sa culpabilité d'avoir pris (ou plutôt suggéré) cette décision douloureuse, cause du

désespoir de Lil et de Lol, qu'était le départ de
Lam dans un internat que tout le monde avait
décidé de situer sur une autre planète, alors
qu'il n'était qu'à quelques centaines de kilomètres, de l'autre côté de la frontière. Ce qui
était, pour les deux femmes, quelque trois,
quatre ou cinq cents kilomètres de trop. Inutiles. Stupides. D'autant plus que Lol ne se
gênait pas, parfois, pour maugréer et pour mar-
monner au passage d'Ila, tout en ébouriffant ses
superbes fleurs jaunes : « Et tout ça pour
apprendre l'arabe... J'aurais pu le faire, moi, lui
apprendre l'arabe et mieux que ces professeurs
tunisiens au service de la France... Tous des
collabos !... C'est facile de lui faire apprendre
l'arabe, si loin... C'est même un peu là... Je le
lui aurais appris moi, et au vu et au su de tous
les colons français, les collabos algériens...
Qu'est-ce qui m'en aurait empêchée, hein ? Je
sais que cette langue est interdite, hors la loi...
Quoi ! Ils ne me les auraient quand même pas
coupés parce que j'enseigne l'arabe à un chéru-
bin ! » Ila se sentait à la fois mortifié et amusé
par les obscénités et les ronchonnements de Lol
qui profitait de ces colères aussi soudaines
qu'étranglées, chuchotées et étouffées, pour
aller astiquer les dix-neuf horloges siciliennes et
l'incroyable aiguière en cuivre massif et étince-
lant qu'elle avait ramenées avec celle de la

maison de ses parents, après leur disparition tragique. Lil, pour la calmer, allait dans son sens mais d'une façon timide, maladroite : « C'est vrai, après tout un internat, c'est quoi ? C'est une prison, et en plus, située juste en face de cette prison militaire où tu as passé cinq ans ! N'est-ce pas ? osait-elle dire à Ila, et puis la pouliche que tu lui as offerte ! Elle se languit de lui... Pauvre Fascination II. »

L'internat donnait sur une grande place publique ornée en son milieu d'une prison militaire française où séjournaient, surtout, des militants nationalistes venus de toute l'Afrique du Nord. Ila y avait donc passé cinq longues années dans une cellule minuscule et glaciale ; alors que Lam, à l'instar de quelques privilégiés dont les parents étaient très riches, disposait dans son internat d'une belle chambre personnelle, située au sud, flanquée de plusieurs fenêtres très hautes aux cadres joliment sculptés.

Elle restait fraîche, malgré le soleil. Bruit du tramway, en bas. Deux taches d'ombre sur le tulle blanc des rideaux. Par terre, un foisonnement multicolore. Les couleurs crevassaient profondément le carrelage. Il préférait se rendormir. Fêlure des cris. La rue entrait dans la chambre par bribes. Cris des marchands. Voix fraîche et chevrotante d'un muezzin.

Crissement d'une meule au loin. Somnolence. Odeur d'hôpital. Il y en a un, juste en face du collège. Le plus grand de la ville. Comme la rue lui était interdite, Lam passait de longues heures accoudé à la fenêtre grillagée. Vibrations ténues des carreaux, lors du passage du tram. Fumée des marchands de merguez. Etals en plein air. Moisissure liquide sur les parois de la vespasienne, située juste en face de la fenêtre centrale. A côté, une petite mosquée hantée par les araignées et un muezzin timide qui n'ose élever la voix. Prières. Dieu est grand. Coupoles à l'infini... Armatures. Cribles. Toits blancs. Toits ocre. Toits bleus. Stridence. Zzz! Zzz! Bourdons marron. Automne? Hiver? Boutiques bariolées. Quelques-unes ont l'air de porter le deuil. Foule. De haut le mouvement paraît plus cocasse encore! Vendeurs qui évitent les policiers et policiers qui les pourchassent. Un voile blanc troue de temps en temps la masse affairée des passants. Lam se sentait prisonnier au fond de sa chambre. Descendre subrepticement; déambuler dans les couloirs obscurs; courir dans le parc immense et bien entretenu; plonger dans l'eau glaciale de la piscine; se fatiguer son soûl; penser aux galopades de Fascination II; rêver au corps nu de Lol entrevu pendant ses ébats amoureux avec Loly; puis revenir à l'internat comme pétrifié dans l'immobilité saugrenue des choses et des objets, englouti dans le sommeil agité des cancres, richards surdoués et arrogants. Ou alors fuguer à la manière de Lol qui se déguisait en homme pour aller draguer et séduire des jeunes filles sur les plages de l'est algérien, sur cette côte-Est échancrée et vertigineuse, ouverte à tous les vents et propice à toutes les aventures et à toutes les pirateries du monde. Lam savait qu'il n'avait pas l'audace, la folie et l'outrecuidance de Lol. Pour gommer quelque peu sa lâcheté il se disait qu'il ne voudrait pas faire de peine à Ila qui prendrait toute fugue comme une vengeance de son exil. Qu'il ne voudrait pas occasionner un trop grand chagrin à Lil et à Lol capables de quitter précipitamment Constantine en voiture et d'arriver en trombe pour partir à sa recherche dans tout Tunis.

Il ne voulait pas, non plus, donner l'occasion à sa famille de sortir de l'impasse dans laquelle elle se débattait depuis qu'elle avait eu la cruauté de l'envoyer dans cette prison face à la prison militaire où Ila... Lam savait que son père (avait-il falsifié son prénom et son état-civil pour des raisons inavouées ou politiques ou juridiques?) et sa mère adoptifs avaient peur d'une éventuelle vengeance de Lol qui n'avait jamais admis cette séparation survenant brusquement. Ils avaient peur d'une réaction trop violente, cette fois-ci, qui dépasserait de loin les fugues auxquelles elle les avait habitués, les scandales qu'elle savait fomenter, et qui la pousserait au suicide parce que, après la disparition d'Ali et d'Ali Bis, alors qu'elle était encore adolescente, et maintenant celle de Lam, elle était arrivée au bout de sa patience. C'est pourquoi Ila s'en méfiait, la tenait à l'œil et passait son temps à la surveiller, à feindre de ne pas faire attention à ses protestations vindicatives, puis à lui offrir, tout à coup, des bouquets de fleurs somptueux, des livres rares, des toilettes incroyables pour acheter sa bénédiction et son silence au sujet de « *l'internement* » (disait-elle) de Lam. Ila craignait une réaction violente de sa fille adoptive. Surtout que du côté de sa famille d'origine, ses oncles aussi en avaient peur, car à la moindre erreur de leur part, Lol était capable de les exterminer un à un. Et surtout cette garce de grand-mère qu'elle n'arrivait pas à mater, elle qui montait les plus récalcitrantes des juments et les plus fougueux des étalons. Et surtout Kal, cet oncle minable, toujours dans le giron de sa mère, toujours au centre de quelque complot désopilant pour essayer de déstabiliser Lol. En vain, jusque-là...

Le père de Lol était un autodidacte obèse, court sur pattes et bourré de charme ! Très vite, il domina la langue française en fréquentant les cours du soir de l'Université populaire de Constantine, parcourant pour ce faire une centaine de kilomètres chaque jour. Comme il tait déjà versé dans la langue arabe, son autorité sur la tribu entière devint écrasante. Les oncles rampaient et n'osaient élever la voix ; d'autant plus que le père s'était arrangé pour racheter tout le capital de la famille avant qu'il ne soit dilapidé par les autres membres, joueurs invétérés, dandys oisifs et mauvaises langues. Mais eux se vengeaient sournoisement sur Lol, la fille haïe d'un chef redoutable. Avec la mère de Lol cela allait jusqu'à la persécution : ils la méprisaient parce qu'elle avait la même attitude qu'eux face à la domination du chef du clan. Lorsque leurs coups en douce et leurs mesquineries ne rendaient plus, ils décidaient de ne plus lui parler ; elle les assiégeait alors, réclamant un pardon hypothétique qu'elle n'obtenait que lors des grandes fêtes religieuses. L'aîné des oncles de Lol était particulièrement mauvais. Kal se grattait sans cesse le cuir chevelu et se couvrait la tête avec une énorme chéchia couleur pivoine, qui lui arrivait jusqu'aux sourcils, pour cacher sa teigne. Sa seule distraction consistait à épater les femmes et les enfants de la grande maison en faisant sa prière à haute voix ; il en rajoutait, bien sûr : ablutions tonitruantes, voix de stentor. Il faisait durer le plaisir, jouissait littéralement de voir les tantes admirer sa dévotion, hennissait d'aise ; et à la fin de la prière, il se prosternait longuement, embrassait le sol, bafouillait, bredouillait, perdait presque la raison et terminait dans une crise d'épilepsie, feinte ou réelle, pour attirer l'attention sur lui, focaliser l'intérêt de sa maman obèse, perverse et fine cuisinière.

Les femmes se pâmaient, sauf Lol qui refusa toujours ces simagrées et ces complots de la tribu contre son père jusqu'à ce qu'il décédât ainsi que son épouse, au cours d'un massacre provoqué par les colons les plus riches de la région, au printemps 1945. Lol se retrouva orpheline et adoptée par un nouveau père qui l'éleva dans la tolérance et le libéralisme. Mais elle n'oublia jamais sa vindicte vis-à-vis de sa grand-mère et de ses oncles, après avoir quitté la maison familiale. Elle se souvenait de cet oncle Kal, si faible et si lamentable, qui, dès la fin de la prière, se mettait au beau milieu de la cour, égrenait son chapelet, tout en donnant des conseils à son épouse sur la façon de préparer le dîner. Lol en voulait à sa mère car elle n'était pas la dernière à sublimer la foi ardente de l'oncle ; tant de crédulité de sa part la laissait désemparée : « C'est beau, ta putain de religion ! » lui hurlait-elle au nez alors qu'elle était encore une enfant. Avec la disparition brutale de ses parents, Lol adoptée par Ila tomba dans une sorte de neurasthénie chronique. Ila savait qu'elle était fragile.

Accalmie soudaine, certes, mais agréable. Tout le monde avait peur de Lol. Il fallait un plan, mûrement réfléchi. On se concertait longuement sur les mesures à prendre. Lol plus âgée que les autres enfants ne comprenait absolument rien à ce qui se tramait autour d'elle. Elle vaquait, faisait et refaisait – déjà! – ses incroyables bouquets de fleurs jaunes, délirait à moitié, la nuit, et s'arrangeait des petits rêves pour se toucher. Son apathie aussi profonde que soudaine intriguait toute la famille. Elle partait comme ça. Revenait au beau milieu d'une phrase. Faisait répéter les choses mille fois. Disait qu'elle ne saisissait pas très bien. Riait. Rougissait. Attrapait sans cesse la berlue. Elle flageolait sur ses jambes. Etreignait Lil. Repoussait Ali. Eclatait en sanglots. Puis, lorsqu'elle s'était assez donnée en spectacle, elle prenait un livre, un vase, un tricot, etc. elle allumait des cierges. Ou bien elle empestait la maison en brûlant dans un énorme brasero rougeoyant des encens dont les émanations donnaient d'atroces maux de tête. Fulmination. Magie noire! Lil avait peur pour l'adolescente qui entrait souvent dans un état second et souriait par à-coups. Certains jours, Ali Bis y perdait son bégaiement parce qu'il ne la reconnaissait plus, tellement elle bêtifiait. Comédie? Ila n'en croyait rien. Elle se préparait tout simplement à esquiver les coups en traître qui pouvaient marquer sa vie déjà gâchée par cette mort prématurée de son père et de sa mère massacrés par la soldatesque française. Et par ce transfert d'une ferme cossue et céréalière à un haras prestigieux et situé sur les hauts plateaux, pas loin de Constantine. Ali était pris au piège du silence devenu dramatique certains jours et dont Lol était la principale victime. Et dans son entêtement, elle jurait de tenir jusqu'au bout. La grande conspiration tournait alors à la catastrophe générale. Les tortues devenaient mornes et plus apathiques qu'à leur habitude. Ila s'enfermait dans sa chambre et passait son temps à relire les livres des grands voyageurs qui l'avaient toujours fasciné. Les enfants nouvellement adoptés étaient frappés de stupeur et n'osaient plus pleurer. Rien! La brise ne parvenait plus jusqu'aux visages avides de la moindre fraîcheur. L'attente se prolongeait et Lol craignait une mise à mort décidée à la hâte et semblable à celle de ses parents. Elle hallucinait et croyait que son oncle Kal allait venir l'achever déguisé en Sénégalais de deux mètres de haut.

Ce fut Ali qui rompit le premier ce cercle infernal du malentendu. Il quitta sa nonchalance, cessa de rôder autour des maisons closes, abandonna ses chevaux dont il chargea Ali Bis de s'occuper, s'entêta à se promener seul dans la ville, et le soir, au retour, il créait une véritable animation autour de lui en racontant aux femmes éberluées ce qu'il avait vu. Il s'évertuait à relater les plus petits détails et mentait beaucoup, car il savait que les femmes ne connaissaient pas très bien la ville dans laquelle elles vivaient. Peu à peu, il finit par captiver Lol avec ses récits fabuleux. Les choses reprirent progressivement leur cours ; les hommes retrouvèrent leur assurance ; les femmes leur sérénité. Et Lol en oublia ses crises d'angoisse.

Tunis. Internat du collège Sadiki. 7 heures du soir. Fin de journée languide. Lam est épuisé puisqu'il se réveille à 5 heures du matin pour se coucher à 22 heures. Douze heures de cours qu'il subit péniblement, ainsi que les autres potaches, souvent riches et gâtés mais parfois rebelles invétérés et surdoués. C'était le moment où il se mettait à penser à Ali et Ali Bis, toujours en fuite et croyant que Lam était maintenant un homme accompli puisqu'il avait intégré un collège prestigieux et assumé l'exil avec courage, lui écrivaient, chacun de son côté, une lettre très laconique qui arrivait ponctuellement le premier du mois accompagnée d'un mandat généreux. Ils en profitaient pour lui parler du passé, des chevaux à l'époque où ils travaillaient tous les deux dans les haras d'Ila, de leurs frasques dans les bordels de Bône, tout en lui donnant l'ordre de ne jamais mettre les pieds dans ceux de Tunis. Ils lui demandaient des nouvelles de Fascination II et en profitaient pour faire l'éloge de son ascendante du même nom qu'ils avaient eu l'insigne honneur (disaient-ils) d'élever, soigner et entraîner, avant même la naissance de Lam. Mais ils ne pipaient mot sur la mort prématurée de la petite Fascination quelques mois après son adoption par Ila. C'était là un sujet tabou. Mais ils oubliaient aussi de dire pourquoi ils s'étaient enfuis.

Lam restait perplexe devant cette abondance de détails qui prouvait que les deux hommes restaient informés de la vie de la famille d'Ila, alors qu'ils avaient quitté le pays depuis une quinzaine d'années. Ils étaient donc au courant de l'exil tunisien de Lam, des déboires d'Ila avec l'administration française, de la moindre vente et du moindre achat de pur-sang, du moindre rhume de tel ou tel étalon, de tous les comportements, faits et gestes des membres de la famille et de ceux de Lol, tout particulièrement. Ils étaient donc au courant de tout mais ne donnaient aucune nouvelle les concernant ni la moindre explication sur leur errance d'un pays à un autre, et sur leur exil qui durait depuis tant d'années. La lettre et le mandat d'Ali étaient expédiés anonymement d'une petite ville d'Allemagne. Ceux d'Ali Bis étaient envoyés de la ville de Saumur en France.

Lam était intrigué par le comportement des deux hommes qu'il n'avait jamais vus sinon sur les photographies que Lol lui montrait en cachette. Plusieurs rumeurs circulaient à leur sujet, dans les milieux des éleveurs constantinois, mais elles se contredisaient tellement que personne ne les prenait au sérieux. Lam avait l'intuition que Lol était au courant de tout, car de temps à autre, elle lui distillait, mine de rien, en passant, quelques bribes d'informations précises les concernant; et avec les années commençaient à se dessiner dans son esprit tout un itinéraire et tout un destin tellement extraordinaires qu'il refusait d'y croire. Souvent Lil et Lol débarquaient à Tunis et l'enlevaient littéralement à son internat pour l'emmener dans la ville, lui faire visiter la médina, les ruines de Carthage, les statues de Salammbô et de son amant Mâtho assassiné cruellement par Hamilcar Barca, le musée du Bardo, la mosquée de la Zitouna et les meilleurs restaurants de Tunis... *(Habitée tout d'abord par les Maxitains — une tribu berbère libyque — à sa première ori-*

gine, *cédée à un groupe de Libyens installé dans la future Carthage (400 avant J.C.) et agrandie avec la récupération des terres environnantes, Tunis fut la première annexion carthaginoise. En 320 avant J.C., Agathocle, tyran de Syracuse, s'en empara et s'en servit comme base de départ pour ses campagnes d'Afrique. En 256 avant J.C., Regulus le Romain voulut la conquérir mais cela se termina par un désastre militaire. Carthage se défendit avec à sa tête Hannon, puis Hamilcar. La paix s'établit entre Carthage et Rome en 237 avant J.C. Au cours de la Troisième Guerre punique, elle fut complètement détruite (146 avant J.C.) puis après la défaite d'Hannibal en 200, les Romains y restèrent jusqu'à l'arrivée des Arabes, avec à leur tête Hassan Ibn Nômane, à la moitié du premier siècle de l'Hégire. En 894 de l'Ere chrétienne, Ibrahim Ibn El Aghlab quitta Kairouan jusqu'alors la capitale de L'Ifriquya et s'installa à Tunis devenue la nouvelle capitale des Aghlalites. De 1160 à 1460, la dynastie des Hafsides y régna en maître. C'est sous son règne que Saint-Louis fit le siège de la ville le 18 juillet 1270. Il y mourut de la peste le 25 août 1270. En 1534, Kheiredine Barberouse prit la ville et la rattacha à l'empire ottoman jusqu'en 1878 où le pays et la ville tombèrent sous le protectorat français.)* où il arrivait – parfois – à Lol de semer Lil et d'emmener Lam chez des amies tunisoises quelque peu coquines, ou extravagantes, pour...

III

QUELQUE PART EN ALGÉRIE

Selon Lol, qui l'avait appris de Lil, dès la fin des années trente, Ali cultivait déjà une certaine élégance désinvolte. Il était toujours habillé d'un bleu de Chine en toile de Shanghai, très coûteux et faussement négligé, en opposition à Ali Bis qui lui préférait les costumes stricts en soie, en flanelle ou en lin, mais restait toujours lâchement taciturne pour cacher son bégaiement qui le complexait plus que de mesure. Tous les deux fréquentaient assidûment (Ali Bis toujours dans le sillage, l'ombre et l'admiration béate d'Ali) une maison close très renommée, La Lune (ou Le Chat Noir?) située en plein centre de Bône. Ils y allaient pour passer le temps, écouter les musiciens qui jouaient de la musique andalouse savante et raffinée, et du raï, beaucoup plus populaire et carrément obscène à

ses débuts ; puis forniquer avec plusieurs filles à
la fois même s'ils avaient leurs préférées : la
Dogonne prénommée Mali et surnommée Kol,
et Jeanne, la Bordelaise affublée par Ali Bis du
surnom de Mol. Ils passaient de l'une à l'autre
ou bien ils s'enfermaient avec elles deux des
nuits entières, surtout pendant les périodes
fastes, lorsqu'ils convoyaient des chevaux de
grande race. Ils voyaient alors leurs commis-
sions grimper et se mettaient à jeter leur argent
par les fenêtres lorsque, complètement ivres et
surexcités par les deux femelles virtuoses dans
l'art amoureux, ils sortaient nus de la chambre
et s'installaient dans le salon pour y danser tout
leur soûl sur les airs de la Remiti. Ali ne cessant
pas alors de répéter : « Je veux pas mourir... je
veux pas mourir sans goûter aux épices de
toutes les races et de tous les pays du Bon
Dieu ! » Ce qui n'était pas du goût des pensionnaires autochtones mortes de jalousie ni d'Ali
Bis, parfois exaspéré par l'exhibitionnisme de
son supérieur hiérarchique. Il en perdait son
bégaiement et finissait par se révolter, le gronder, l'insulter et le morigéner, prenant ainsi sa
revanche sur le sort, renversant les rôles, profitant de l'ivresse contagieuse d'Ali dont les
excentricités transformaient la maison en un
carnaval nu, bruyant et orgiaque. Tout le
monde profitait de l'aubaine car c'était Ali

qui régalait. Il était d'ailleurs connu dans les milieux équestres pour sa générosité et sa prodigalité, à tel point qu'on le prenait souvent pour un pigeon facile à plumer. Mais Ali n'était pas dupe, pas même de ce que Ali Bis pouvait proférer contre lui d'insanités, dans ses moments d'extase éthylique qu'il compensait par une abstinence de plusieurs mois lorsque les chevaux nécessitaient beaucoup d'attention, en période de rut, par exemple, où il savait, comme personne, accoupler les juments aux étalons qu'il fallait, et croiser les pur-sang arabes avec les pur-sang anglais ou même les pur-sang mongols, non seulement pour satisfaire cette lubie d'Ila toujours entre Oulan-Bator, Houston, New York, Séville et Constantine, mais parce qu'il était persuadé, à juste titre, que ces croisements donneraient naissance, un jour, au meilleur cheval que l'humanité ait jamais connu. Mais cela ne se produisit jamais. Ila n'en était pas dépité pour autant. Comme si, au fond de lui-même, il savait que tous ses efforts étaient voués à l'échec. Mais il faisait semblant d'y croire comme pour combler un vide incommensurable lié, peut-être, à sa stérilité.

Ali Bis avait donc le béguin pour l'une des prostituées, superbe Bordelaise, à la poitrine houleuse, à la démarche somptueuse et au regard éternellement bleu et éternellement condescendant, comme si elle avait pitié d'elle-même et de tout ce fatras d'humanité malheureuse qui ne cessait de lui passer sur le corps, à longueur de jours et de nuits. Mol s'était prise d'un sentiment mitigé pour Ali Bis fait d'admiration et d'amour, de compassion et de commisération, car elle ne comprenait pas qu'un homme si beau, si taciturne, si cultivé (vétérinaire doué de son état, il était passionné de littérature avant-gardiste) et si orgueilleux, vînt fricoter avec des femmes dans un lieu si louche. Surtout que Ali Bis, chaque fois qu'il venait à La Lune (ou au Chat Noir) passait son temps à bavarder avec l'un des clients les plus assidus, qui avait, lui, jeté son dévolu sur Odette, une grosse Pied-Noir parlant parfaitement l'arabe, au point d'en oublier son français. Ali Bis avait connu ce client un peu particulier dès l'adolescence, sur les bancs de la Medersa Ben Badis de Constantine, quand il la fréquentait sous l'œil vigilant mais distant d'Ila. Odette n'était pas grosse. Elle était énorme. Trente ans et déjà vieille, par rapport aux autres pensionnaires de la maison close dont certaines étaient à peine pubères. L'amoureux d'Odette avait un surnom bizarre : le Muezzin, qui lui collait parfaitement malgré son accoutrement, sa maigreur, son corps efflanqué, son visage imberbe, ses capacités de grand buveur impénitent. Il émanait de lui comme un mysticisme à l'état brut, une métaphysique mélancolique qui effrayaient ceux qui s'en approchaient. A l'exception d'Ali Bis qui trouvait chez lui une sorte de consolation, comme une sérénité puisée au fond des âges.

(Notes d'Ali Bis concernant son ami surnommé le Muezzin)

« J'avais perdu de vue le Muezzin depuis l'année du Bac et ne le retrouvai qu'en fréquentant Le Chat Noir. Odette avait toujours le hoquet tellement elle riait en écoutant les histoires que racontait le Muezzin. Mon compère, toujours soûl, en profitait pour l'embrasser sur ses lèvres épaisses en faisant de gros bruits dégoûtants. Certains soirs, il allait jusqu'à lui pincer sadiquement les tétons sous sa robe échancrée. Chaque fois que la matrone avait le fou rire, l'ex-muezzin, ex-boxeur, ex-agitateur politique, ex-indicateur de police, saisissait l'occasion pour me glisser à l'oreille qu'il brûlait d'en découdre avec l'une des gamines de la maison, mais qu'il n'osait pas, de peur de faire de la peine à Odette qui lui avait toujours rendu de grands services. Je le soupçonnais de ne pas me

dire toute la vérité. Mentait-il pour me donner
le change et ne pas avoir à supporter mes sar-
casmes ? j'en étais sûr ! Il n'avait jamais fini de
raconter des histoires, d'autant plus que ses
amis n'avaient jamais oublié qu'il avait été un
jour muezzin (d'où le surnom dont on l'avait
affublé et qui allait lui coller toute la vie, malgré
ses protestations) dans une mosquée de la ville.
Ils se méfiaient de lui et restaient sur leurs
gardes. Certains soirs ils insinuaient même qu'il
avait inventé cette légende pour mieux se poser
en victime de la religion et pouvoir l'attaquer,
tout à son aise, avec bonne conscience. Mais là,
il exagérait chaque soir, et fricotait de sales
affaires avec cette pauvre Odette dont la
bedaine tressautante ébranlait la table, tandis
que derrière nous les musiciens ressassaient
leurs mélopées sans se presser. A moins qu'il ne
s'intéressât aux bracelets d'or qu'elle faisait tinter sous son nez ! Il devait certainement se casser
la tête à faire des calculs complexes pour savoir
combien de cuites extraordinaires il pourrait se
payer avec le prix d'un seul de ces bijoux.
Avait-il l'impression que je devinais cette affaire
sordide ? Toujours est-il qu'il n'arrêtait pas de
me cligner de l'œil comme si j'étais plus qu'un
comparse, un complice qui l'aiderait dans sa
tentative burlesque de séduction, parce que, en
fait, je le soupçonnais d'être très amoureux

d'Odette. En attendant il continuait à comman-
der du vin et à boire, avec dans les yeux cette
tristesse métaphysique et indicible qu'aucune
ivresse ne pourrait dissiper ; comme s'il perdait
de plus en plus pied, obsédé par ce désir de se
détruire jusqu'au bout. Mais, dans sa tête, il n'y
avait pas vraiment de désespoir, seulement
l'envie d'attraper l'ivresse de n'importe quelle
façon. Lui rappeler qu'à la différence d'Ali je
n'avais pas beaucoup d'argent parce que Mol
me dévalisait littéralement et qu'elle avait, déjà,
commencé à insinuer que je devais voler, un
soir, la sacoche bourrée d'argent de la vente des
chevaux et fuir avec elle en Europe ? Non, non !
Me taire plutôt. Je faisais semblant, alors, de ne
pas trop faire attention à ses insinuations per-
fides. Lui rappeler, aussi, qu'il fallait trouver
une solution pour payer la tenancière, mais cela
aurait paru tellement insolite qu'il aurait été
capable de me traiter de lâche. Déjà qu'il ne cessait pas d'ironiser sur les raisons qui m'avaient
amené dans cette ville de Bône et sur mon abstinence, ce soir-là, en défonçant les flancs de
cette bonne Odette avec son coude, afin qu'elle
prît parti contre moi et n'arrêtât pas de se gaus-
ser de ma maladresse et de mon incapacité à
avaler, pour une fois, la moindre goutte de
vin, à cause de cette idée fixe qui me travaillait.
Etais-je venu à Bône pour accompagner Ali et

l'aider à embarquer les chevaux, ou pour lui subtiliser la sacoche pleine de fric et m'enfuir avec Mol ? J'étais amoureux. Avec aussi une envie furieuse de me venger d'Ali qui avait les faveurs d'Ila et de tout son clan. Et surtout les faveurs de Lol. Alors que moi, tout vétérinaire que j'étais, j'avais toujours cette impression d'être le parent pauvre de la famille malgré ce même lien de parenté vague et lointain, certes, qui nous liait Ali et moi à Ila.

Une nuit que Odette était surexcitée, elle laissa le Muezzin farfouiller entre les replis de son corps mou, tiède et moite, disant et répétant à satiété qu'elle en était amoureuse. « C'est mon fiancé ! », répétait-elle. Prise de frénésie sentimentale, elle allait jusqu'à m'attaquer : « Un rabat-joie ton copain ! Il ne faudra plus le fréquenter mais le mettre en quarantaine, mon petit chéri, mon petit cœur ! N'est-ce pas ? Il traîne le cafard par la queue et exhibe un sale visage de carême ; ça ne m'étonnerait pas qu'il soit rongé par le repentir, qu'il finisse muphti sur la fin de sa vie et empoisonne le peuple avec ses sornettes et sa religion. Qu'il fiche le camp ! » Tout en disant elle lui léchait le visage avec sa langue ignoble d'autant plus qu'elle n'arrêtait pas de mâcher un bout de gomme arabique en le faisant claquer entre ses dents d'une façon vulgaire.

« Ferme ta gueule, que je lui disais, en essayant de me mettre en colère, tu m'empêches de réfléchir ! – Ton copain, après tout, n'est même pas un imposteur. C'est tout bêtement un arriviste. » Elle ne riait plus. Elle chantait : « Ô Muezzin ! Ô Muezzin ! » en frappant dans ses mains et en se dandinant sur sa chaise. Peu à peu, les autres filles se joignaient à notre groupe et le chœur s'amplifiait ! Mon compagnon dirigeait la chorale, et les musiciens se mettaient alors à nous accompagner de leurs instruments. Le rapace avait fini par mettre de l'ambiance dans le meilleur bordel de la ville qui en comptait plusieurs autres, et il était à peu près sûr d'avoir le bracelet pour lequel il faisait tant d'efforts, alors que, plein de vin, il était sur le point de vomir, à force de trifouiller dans toute cette chair molle et humide d'Odette et d'embrasser ces lèvres grasses, incendiées par le rouge à lèvres étalé en couches multiples, à tel point que les dents de devant en étaient totalement enduites.

Mais dès que le chahut atteignait son comble, la tenancière, dite Aicha la rapide, arrivait à la rescousse et suppliait mon ancien condisciple de la Medersa de Constantine de calmer l'assistance. Pour être bien vu par la propriétaire de la maison, il arrêtait habilement la pagaille et se remettait à broder autour de l'his-

toire d'un certain personnage dont toute la ville
connaissait la légende récente, grâce à mon ami
surnommé le Muezzin qui avait exagéré quelque peu les choses, pour pouvoir jouer la carte
de la subversion et déconsidérer la bourgeoisie
alliée au clan d'Ila. Ce qui n'était pas pour me
déplaire parce que, certains jours, j'en avais
marre de tous les privilèges dont profitait Ali, à
mon détriment. Ila préférait quand même Ali et
cela me donnait un chagrin que même Mol ne
pouvait dissiper. Alors, reparti à raconter les
péripéties de cette histoire loufoque et pourtant
véridique, le Muezzin donnait à nouveau le
hoquet à la vieille putain qui l'excitait en faisant
tinter ses innombrables bracelets. Pendant tout
ce temps, Ali s'était enfermé avec Kol, au premier étage, dans la plus somptueuse chambre de
la maison.

Lorsque j'avais connu le Muezzin sur les
bancs de la Medersa Ben Badis, il était un paci-
fiste acharné. Il ne buvait pas. Il ne fumait pas.
Il chiquait seulement. Avec modération. Exclu,
par erreur, en classe de Seconde, pour activités
subversives menaçant la sécurité de l'Etat français, il avait, alors, tout essayé et il avait tout
raté. Il voulait être boxeur mais comme il
n'était pas suffisamment hargneux, il se faisait
copieusement conspuer par le public qui le
soupçonnait de se faire acheter par des adver-

saires d'origine européenne, beaucoup plus nan-
tis que lui.

Le peuple n'avait pas besoin d'une marion-
nette que le premier venu pouvait manipuler à
sa guise. Il exigeait plutôt un grand champion
pour servir la cause du nationalisme et aller
dans la métropole donner des leçons aux
boxeurs français que la mythologie nationaliste
et populaire décrivait comme des pantins
couards et inconsistants. Il faut dire qu'à
l'époque la boxe était en crise dans le pays habitué, généralement, à voir ses enfants partir,
outre-Méditerranée, glaner les titres sous le nez
de l'autorité coloniale haïe. Mais le Muezzin
n'avait aucun talent et se faisait battre par tous
les malabars des douars avoisinants. Il ne pouvait pas réussir dans cette discipline malgré les
encouragements des militants nationalistes
(dont Ila qui l'avait installé jadis dans une des
chambres de la maison, lui avait octroyé une
sorte de bourse, subvenait à ses besoins et avait
même tenté de lui trouver, en vain, un bon
entraîneur) qui avaient cru à sa valeur pendant
quelque temps. Lorsqu'il ne put faire durer plus
longtemps la mystification, il changea de village
et de profession. Il devint directeur d'une
troupe de théâtre amateur qui, en contrepartie
de ses services, lui permettait de dormir dans
son local. La troupe de La Réussite, comme elle

se nommait superstitieusement, manquait cruellement de femmes, à tel point que les rôles féminins étaient tenus par des jeunes travestis.

Lorsque le Muezzin en eut assez de jouer les dulcinées éplorées, il eut l'idée d'utiliser son ancienne gloire locale, son nez cassé et ses cheveux couleur de feu, pour faire le tour des bordels, en vue de recruter des filles pour la troupe. Son idée eut quelque succès et il revint un jour, dans le local, flanqué de deux ou trois femmes effarouchées et voilées qui jetèrent l'émoi dans la paisible communauté théâtrale. Parmi elles, il y avait Odette, alors très jeune et très mince, issue d'une famille de grands colons alsaciens. Elle était en rupture de ban parce qu'elle avait osé défendre les ouvriers arabes de son père. Le Muezzin devint le directeur de la troupe qu'on venait admirer de très loin pour voir s'exhiber les deux ou trois filles qu'elle possédait. Le succès fut immense et Odette y était pour beaucoup. Ila décida alors de reprendre en charge toute la troupe et lui alloua pendant des années de grosses subventions jusqu'au jour où la police fit une descente dans le local de la troupe et arrêta tout le monde. Ila aussi fut arrêté pour avoir subventionné le Muezzin, et les deux hommes se retrouvèrent à partager la même cellule pendant de longs mois, malgré l'insistance de l'administration pénitentiaire à loger Ila dans une cellule individuelle plus confortable. Ila

tenait à rester avec le Muezzin qu'il admirait en
secret pour ne pas trop effaroucher les notables
de la ville peu favorables à une telle amitié liant
l'homme le plus riche de la région à l'homme le
plus pauvre.

A sa sortie de prison, mon compagnon avait
répudié sa femme et confié ses enfants à l'assistance publique pour vivre avec sa mère dans une
mansarde de la vieille ville. Ila lui avait coupé
tout subside après s'être rendu compte que le
Muezzin, devenu indic des Renseignements
généraux, n'avait rien d'un militant nationaliste
et dépensait tout l'argent qu'il lui donnait à boire
dans les maisons closes les plus huppées de l'Est
algérien. Depuis, il ne cessait pas de répéter mali-
cieusement : « J'aurais dû confier mes enfants à
quelque famille de notables ou à quelque riche
marchand impuissant ou stérile ! » à qui voulait
l'entendre, faisant méchamment allusion à
l'incapacité d'Ila d'avoir des enfants et à sa pro-
pension à adopter les orphelins de son clan ou de
son entourage. J'eus envie, à l'époque, de le corriger pour cette allusion déplacée et préjudiciable à
la réputation d'Ila qui fut son ancien compagnon
de cellule à la maison d'arrêt de Batna, mais il
était si maigre et perpétuellement ivre, que je
renonçai vite à une telle tentation.

Fascination

Ce fameux soir, Ali se tenait à l'étage en compagnie de Kol, la Dogonne. Odette, qui avait vieilli trop vite et faisait vingt ans de plus que son âge, opinait de la tête et rigolait plus fort que jamais. De temps en temps, elle s'éclipsait avec un client et revenait vite occuper sa place auprès de mon ami (l'ex-boxeur poids plume et l'ex-directeur du « Théâtre de La Réussite ») qui – pendant qu'elle était partie – empêchait les gens de s'asseoir sur sa chaise. Deux ou trois fois j'avais dû intervenir pour lui éviter de se faire massacrer ; lui si frêle et à moitié tuberculeux aboyait comme un roquet et montrait ses pauvres poings tremblants. Chaque fois que la grosse femme revenait, il se remettait à lui raconter un tas de balivernes. Il commençait à avoir l'air idiot et ne cessait pas de minauder, d'admirer les poignets de la pauvre Odette, de lui dire qu'il n'en avait jamais vus de si fins ni de si gracieux, alors qu'il devait sûrement refréner une envie folle de décamper à toute vitesse, au seul contact de cette chair gélatineuse et molle. Elle, l'ancienne fille de colons richards, l'ancienne actrice formidable de la troupe de La Réussite baguenaudait, et, enfoncée dans ses falbalas satinés et mauves, n'arrêtait pas non plus de roucouler, de baver et de suer, tellement elle était contente d'elle.

Elle riait plus fort que les autres aux facéties idiotes de mon ancien condisciple que rien ne

pouvait plus retenir maintenant qu'il était sûr de
terminer sa beuverie sans se faire de soucis pour
la note puisque Odette, toujours amoureuse,
jurait tous ses dieux qu'elle n'accepterait jamais
de le laisser payer, sachant de toute façon qu'il
était au chômage et n'avait rien trouvé depuis des
années. Lui aussi jurait ses grands dieux qu'il ne
pouvait se laisser payer à boire par une femme,
que son honneur en serait atteint et qu'il ne voulait pas devenir la risée de la ville. Il exagérait. Il
déraillait. Il extrapolait. Mais il était sûr de lui! Il
voulait tout bonnement qu'elle lui glissât en
douce un gros billet pour payer la note à la tenancière et empocher le reste qui pourrait servir à la
cuite du lendemain. Une fois le consentement
d'Odette acquis, il posait ses conditions, la soû-
lait tant qu'il pouvait et lui donnait de petites
tapes dans le dos comme si elle était une carne
rétive ou une vache courageuse. Il s'était mis,
pour la séduire, à lui rappeler ses succès théâtraux
et ses dons d'actrice capable de jouer le rôle de
Phèdre, sans que personne n'osât quitter la salle;
à lui raconter mes malheurs; à lui dire que je
voulais m'enfuir avec Mol en emportant l'argent
de la vente des chevaux expédiés à Marseille ou
Gênes ou Barcelone – va savoir! – le jour même.
Elle avait alors perdu de sa hargne et s'était quelque peu amadouée. Je la voyais qui me regardait
à la dérobée, puis au bout d'un moment, elle me

donna sa main aux doigts bagués et boudinés afin que je lui lise l'avenir inscrit dans les méandres de sa paume. Odette (« *Aussi quand, cette année-là, la demi-mondaine (Odette) raconta à M. Verdurin qu'elle avait fait la connaissance d'un homme charmant, M. Swann, et insinua qu'il serait très heureux d'être reçu chez eux, M. Verdurin transmit-il séante tenante la requête à sa femme... Odette retourna voir Swann, puis rapprocha ses visites ; et sans doute chacune d'elles renouvelait-elle pour lui la déception qu'il éprouvait à se retrouver devant ce visage dont il avait un peu oublié les particularités dans l'intervalle, et qu'il ne s'était rappelé ni si expressif ni, malgré sa jeunesse, si fané... Il avait cessé de remarquer depuis les premiers temps de leur liaison dans lesquels sans doute, pendant qu'il dormait, sa mémoire en avait été chercher la sensation exacte. Et avec cette muflerie intermittente qui reparaissait chez lui dès qu'il n'était plus malheureux et que baissait du même coup le niveau de sa moralité, il s'écriait en lui-même : Dire que j'ai gâché des années de ma vie, que j'ai voulu mourir, que j'ai eu mon plus grand amour, pour une femme qui ne me plaisait pas, qui n'était pas mon genre ! »* MARCEL PROUST, *Un amour de Swann)* me prenait maintenant pour un devin ou pour un astrologue parce qu'elle était trop soûle et pensait que si j'étais un vétérinaire capable de faire gagner des chevaux sur lesquels elle pariait depuis toujours sans jamais gagner le moindre centime, je me devais d'être capable de lire son avenir à elle ! Devant mes dénégations et mes refus réitérés, elle boudait : « A quoi ça te sert d'être si beau, si élégant, si savant et si riche si tu ne sais pas lire les lignes du bonheur ! A quoi ça t'a servi d'aller dans cette école d'animaux, à Maisons Al... Maisons quoi ? De connaître les livres de ce M. Proust par cœur... De me donner ce surnom d'Odette... Tu ferais mieux d'aller te tuer ou de changer de métier. Charlatan ! » Elle me tançait de haut, m'écrasait de sa bedaine, le souffle court et l'haleine mauvaise... Je n'en menais pas large et ne savais pas quoi dire. Mon ami, du coup, jubilait : « Tu le mérites – hurlait-il – en se tenant les côtes ; tu fais trop le fier, avec tes diplômes, ta Maison-Alfort, tes amours à la Proust et ta mémoire incapable de retrouver tous nos vieux souvenirs dans cette ville de Bône que nous avions sillonnée jadis dans tous les sens et dans laquelle nous avions tant ri. Monsieur le vétérinaire ne se soûle pas ce soir et il a l'audace de dire qu'il est amoureux d'une gamine de dix-sept ans et bordelaise de surcroît ! Quel maniaque ! Allez, lis les lignes de la main de madame Odette. C'est bien toi qui lui as fourgué ce prénom ridicule... Et tout ça pour nous épater avec tes livres et... Tu nous as assez embêtés comme ça ! » Tout en parlant, il ne cessait pas de me donner des coups de pied sous la table et de cligner de l'œil, le droit, celui que je voyais, parce que l'autre, je ne pouvais même pas savoir s'il l'avait toujours, ce sale prestidigitateur que j'avais trouvé en train de tuer son cafard dans le salon du bordel. Et moi, débarquant comme ça à l'improviste, en compagnie d'Ali, tenaillé par l'envie de les trahir lui et Ila, de me venger, de leur donner une leçon et de faire plaisir à Mol en fuyant avec elle après avoir subtilisé la sacoche bourrée d'argent que Ali ne me confiait jamais et qu'il ne quittait jamais, au point qu'il la dissimulait sous l'oreiller lorsqu'il montait avec Kol. Alors que lui (le Muezzin) croyait que j'étais devenu un collabo pro-Français, ou le chef de cabinet du Gouverneur général de l'Algérie et que je ne pouvais donc pas prendre le train comme tout le monde mais que j'arriverais à Bône en avion spécial, voire en hélicoptère comme tous les autres bachaghas toujours pressés de venir régler les affaires du peuple et de repartir le plus tôt possible, jouant aux hommes débordés, providentiels et irremplaçables. Et voilà que je lui tombais dessus, le sauvais de sa détresse, lui prêtais de l'argent, lui avouais n'être qu'un simple vétérinaire et l'assistant d'un dresseur-entraîneur de chevaux, certes génial, mais... Et mon compagnon, heureux de me retrouver après tant d'années, tout estomaqué par mon arrivée dans ces lieux et ma faible réussite puisque j'étais toujours l'ombre, le sosie

même d'Ali, ne cessant pas de cligner les yeux
dans la lumière aveuglante du salon. Eberlué! Et
lui ne voulant pas en croire ses oreilles. Et moi ne
comprenant pas qu'il me houspillât pour plaire à
une vieille catin goutteuse et pied-noir – C'est
quoi exactement un Pied-Noir, d'ailleurs? *(N.m.
1955; chauffeur de bateau indigène, 1901; Arabe
d'Algérie, 1917; de pied et noir pour désigner les
premiers Français d'Algérie rapatriés dès 1955,
en pleine guerre d'Algérie.)* – qui avait osé usur-
per, contrairement aux insinuations et aux
racontars du Muezzin ce prénom proustien
d'Odette. Mais va savoir qui connaît l'Odette de
Proust, la Molly de Joyce, la miss Jenny de
Faulkner, la...!? Peut-être Lol? Puis, comme il
voyait que j'étais malheureux devant tant de traî-
trise, ébahi devant cette volte-face éclair, mon
ancien condisciple de la Medersa Ben Badis finissait par avoir du remords et m'avouer, à voix
basse, l'affaire des bracelets qu'il convoitait. Le
Muezzin était originaire d'une petite ville, à la
frontière tunisienne : Souk-Ahras. »

(Fin des notes de Ali Bis)

Souk-Ahras, où Ila avait été exilé pendant
deux ou trois ans pour ses activités politiques,

après avoir purgé deux ans au bagne de Lam-
bèse (Lambaesis) dans la région de Batna d'où
Lam allait partir pour le maquis au mois
d'août 1957 après l'obtention de son baccalauréat, accompagné jusqu'à cette ville par les deux
femmes (Lil et Lol). Comme elles l'avaient
accompagné sept ans auparavant à Tunis pour
l'installer dans son internat. Parce que Ila,
comme à son habitude, s'était abstenu de le
faire pour ne pas ajouter à la panique générale,
dédramatiser la situation, banaliser un départ
vers le maquis qui pouvait être sans retour,
mais qu'il considérait comme nécessaire, surtout que Lam, élevé dans ses principes nationalistes, avait demandé de lui-même à rejoindre
la résistance, malgré l'opposition farouche de
Lil et surtout de Lol, d'Ali et d'Ali Bis qui ne
cessaient d'écrire à Lam et à Lol (ils n'écrivaient jamais à Ila et la récipiendaire de leur
correspondance gardait jalousement le secret) à
ce sujet, les harcelant pour faire échouer le
projet.

Depuis le début de la guerre d'Algérie, leurs
lettres, arrivées séparément, étaient postées
l'une d'un petit village de Kabylie et l'autre
d'un petit village des Aurès. Selon Lol les deux
hommes ne s'étaient toujours pas rencontrés
depuis ce mois de février 1940 où Ali s'était
lancé à la recherche d'Ali Bis parti avec Mol en

emportant la sacoche bourrée d'argent qu'il avait pu subtiliser sous l'oreiller d'Ali pendant qu'il faisait l'amour avec Kol, complètement ivre. Les deux hommes, qui ne connaissaient pas Lam puisqu'ils avaient disparu avant son adoption, considéraient qu'il n'avait rien à faire dans ce maquis et serait plus utile pour la résistance s'il acceptait de poursuivre ses études universitaires. « C'est une sorte de suicide, ce départ au maquis et « le suicide est une complaisance ! », écrivit Ali Bis précisant aussitôt : « C'est une citation.... Ce n'est pas de moi... Je ne sais même pas qui l'a dit... Mais ce n'est certainement pas Joyce ! » Comme s'il voulait par son humour atténuer le chagrin qui le dévorait de voir partir Lam et le remords qui le consumait d'avoir volé Ila et trompé Ali au moment où il était ivre mort et ne cessait de répéter : « Il faut goûter à toutes les épices du monde... » *(En l'an mil deux cent cinquante-deux, deux citoyens de Venise décidèrent de s'embarquer vers la Grand Mer pour acheter* **maintes épices** *et joyaux de grande valeur et de beauté, les emportèrent de Constantinople sur une nef et pénétrèrent sur la Grande Mer. Ils s'en allèrent à Soldanie où se trouve Cobinan qui est une grande cité; les gens adorent l'abominable Mahomet. Il y a pas mal de fer, d'acier et d'andanique et l'on y fait maints miroirs et du* *plus fin acier, très grands et beaux. Là se fait la tutie qui est très bonne pour les maux d'yeux... C'est là qu'il y a l'arbre seul que les chrétiens nomment « L'arbre sec ». De son bois, on fait un baume... C'est là, disent les gens du pays, la contrée où eut lieu la bataille entre Alexandre le Grand, roi de Macédoine, et Darius, roi de Perse. Les villes et villages de cette province sont nombreux et ont grande abondance de toutes choses bonnes et belles car le pays est tempéré, ni trop chaud ni trop froid; on y voit des femmes qui sont belles outre mesure.* MARCO POLO, *Le Devisement du monde.*); jusqu'à ce que, tel un étalon en rut et en sueur, il quittât La Lune ou Le Chat Noir, à l'aube, après avoir pris une douche, s'être rasé et rhabillé. Il était comme neuf, à nouveau, séduisant en diable; se reprenant vite et redevenant, aussitôt et sans transition, le rigoureux, méticuleux et maniaque chef des haras, capable d'ensorceler, de dresser, de rendre plus véloces les dizaines de poulains et de pouliches jusqu'à ce qu'ils parvinssent à maturité et qu'il les amenât triomphalement sur les terrains de course ou qu'il les convoyât jusqu'au port de Bône pour les expédier à M. Baltayan qui les attendait, anxieusement, à Marseille, Gênes ou Barcelone. Selon. C'est ce matin-là qu'il se rendit compte de la disparition d'Ali Bis d'abord, puis de celle de la sacoche et enfin de celle de Mol.

Quelque part en Algérie

Dix-huit ans plus tard, presque jour pour jour, Lam avait le souffle écourté par la vindicte et le marasme de l'inceste consommé avec Lol, la veille de son départ pour le maquis. Il ne s'était plus agi que Lol vînt se réfugier dans son lit ou dans ses bras pour sucer son pouce, s'apaiser et s'endormir, comme elle l'avait fait jusque-là, mais cette fois-ci, il s'agissait de bien autre chose. Il restait là, plein de chagrin et de remords, avec une sorte de gueule de bois qui produisait des élancements dans tout le corps, comme vermoulu, concassé, saccagé... Il était là, incertain, aux abois mais sans aucune persévérance, livré à un monde étrange, sans cesse hanté par l'image du père inconnu et par celle du père adoptif, lui disputant ses rêves et ses réveils pénibles au moment où le doute est absolu et la mémoire hésitante (Lol répétant chaque fois qu'il lui posait des questions sur ses origines : « Qu'est-ce que ça peut te faire ? Tu n'as la mémoire ni longue ni courte mais paresseuse ! Alors laisse tomber tous ces chichis... C'est de la coquetterie, voilà tout ! »)

Lol savait-elle ce qu'était un inceste ? Elle savait, comme par un sixième sens, qu'elle avait une attirance certaine pour la mythomanie et qu'en réalité l'opacité dans laquelle baignaient ses origines et celles de Lam (avec cette identité en morceaux, en miettes, ces fluctuations phonétiques de son prénom – ou plutôt de son surnom car Ila avait cette manie affectueuse mais ambiguë de donner des surnoms à tous ses enfants adoptifs ; ils comportaient tous ce L central de son vrai prénom à lui ! – et le flou qui entourait le véritable lieu de sa naissance) n'était pas aussi douloureuse ni aussi grotesque qu'il voulait bien le laisser entendre.

Un jour de grande colère, Lol lui avait hurlé : « Après tout, on a juste écorché la voyelle de ton prénom (ou de ton surnom quelle importance ?)... Sans plus... Une erreur de bureaucrate colonial... Un *a* ou un *e* à la place d'un *i*, c'est pas la fin du monde... Après tout tu ne t'appelles pas S.N.P. ! » C'est ce jour-là qu'il découvrit avec effarement ce que ces trois lettres latines (S.N.P.) apparemment anodines avaient de monstrueux. Lam avait harcelé Lol jusqu'à ce qu'elle lui expliquât dans le détail que S.N.P. voulait dire *Sans Nom Patronymique*, et que c'était là une invention de l'administration coloniale pour déposséder les paysans autochtones de leurs terres et cela depuis 1846 ! Perdant leurs noms, ils perdaient, automatiquement et juridiquement, leurs terres. C'est ce jour-là, au cours d'une canicule (on dit *Tom-*

bouctou en arabe pour dire d'une canicule qu'elle est torride) constantinoise qu'il comprit vraiment l'indicible horreur coloniale et qu'il devint hargneux, jusqu'à ce qu'il partît au maquis et jusqu'à ce qu'il commît (avec la complicité ou la perversité ou la cruauté de Lol) cet inceste.

Lol, cette nuit-là, avait exaspéré Lam par sa raideur, qui finit par devenir mirobolante à la fin de la nuit et avant l'arrivée du petit matin glacial annonciateur des grosses chaleurs d'été. En fait elle était fascinée par l'attitude et la mimique de Lam, et non par son désarroi. « C'est la faute au chagrin ! Un chagrin qui ne date pas d'hier, qui n'a rien à voir avec ton départ, demain au maquis. Un chagrin très ancien, un chagrin de toujours... C'est la faute au chagrin ! » dit Lol les yeux à peine embués. « Mais c'est bon le chagrin... Tu sais ?... C'est la première fois que je fais l'amour avec un homme ! C'est avec toi que j'ai perdu ma virginité, avec toi ! Parce que je le voulais... Tu le sais, n'est-ce pas... ? » Elle exagérait son bonheur quelque peu fallacieux, parce qu'elle se voulait très acerbe et implacable, prête à assumer tous ses actes, sans fausse note, sans aucun remords. Elle ne voyait dans la gesticulation effrénée de Lam et dans ses yeux exorbités que l'approche d'une crise de remords inutile qui le séparerait à nouveau d'elle. Il fallait lui faire oublier ce genre d'inceste dont elle ne voulait pas entendre parler : « Nous ne sommes pas frères, que je sache ! ? Ni de sang ni de lait. Qu'est-ce que tu vas chercher là... Tout ça c'est parce que tu es plus jeune que moi... C'est pas du remords, c'est de l'orgueil... Tu n'es qu'un mâle, tu es comme les autres après tout ! » Elle pleurait alors, sachant que, de toutes les manières, leur nouvelle relation était intenable mais irrémédiable. Lam se fermait. Mais malgré toute sa rancœur il l'admirait, car sortie de sa prostration et de son immobilité elle fusait dans la revendication la plus totale : être heureuse, assouvir cette sensualité, cette libido (je n'aime pas ce mot barbare ! disait-elle) incroyable. Mais elle était noyée dans le déluge de ses mots, comme si elle voulait parasiter, brouiller tous les critères habituels qu'elle avait jusque-là utilisés pour faire le tri dans la réalité, mieux l'appréhender, y voir plus clair jusqu'à la rendre compréhensible voire intelligible et en être satisfaite. Quand même !

Et pendant toute cette nuit d'insomnie interminable ils étaient restés là à essayer de remonter les maillons du temps, comme une chaîne de plusieurs destins hétéroclites, jalonnés par tous les enfants adoptifs d'Ila, incapable d'avoir

des enfants ; et qui vivaient dans une sorte de
confusion toutes les péripéties de leurs vies, de
leurs lieu et date de naissance, de leurs prénoms
escamotés, devenus des surnoms dont il les
dotait, de la même façon qu'il avait l'art de
trouver des noms superbes pour ses chevaux.
Comme s'il voulait ainsi brouiller toutes les
pistes susceptibles de les ramener un jour à leur
généalogie perturbée, pour ne pas les perdre, les
sauvegarder, les garder pour Lil et pour lui-
même ; afin de leur éviter de tomber dans le
chagrin ou d'autres pièges. Mais il n'avait pas
pensé à l'inceste revendiqué avec véhémence par
Lol, disant : « Mais c'est un faux inceste,
comme tu es un faux frère et que je suis une
fausse sœur et que nous avons un faux père et
une fausse mère... C'est cela que tu ne veux pas
reconnaître, car le faire c'est nous ramener tous
à une sorte de vie vide, à une sorte de cristallisa-
tion de la conscience à jamais falsifiée, à jamais
débarrassée du chagrin et du remords... » Puis
Lol alla dans sa chambre et revint avec un livre :
« *As-tu jamais eu une sœur ? Non mais ce sont
toutes des putains... Caddy est femme aussi. Il ne
faut pas oublier. Elle doit donc aussi faire certaines choses pour des raisons de femme... Dans le
Sud, on a honte d'être vierge. Les jeunes gens. Les
hommes. Ils racontent des tas de mensonges à ce
sujet. Parce que pour les femmes, c'est moins*

important m'a dit papa. Il m'a dit que c'étaient les hommes qui avaient inventé la virginité, pas les femmes... Papa dit que c'est comme la mort : un état où on laisse les autres tout simplement; et j'ai dit : Mais à croire que ça ne te fait rien. Et il a dit : C'est pour cela que tout est si triste, pas seulement la virginité. Et j'ai dit : Pourquoi faut-il que ce soit elle (Caddy) au lieu de moi qui ne soit plus vierge?... J'ai dit : J'ai commis un inceste, Père, ai-je dit. »

Lam, dès que Lol s'arrêta de lire, comprit qu'il s'agissait d'un extrait de : *Le Bruit et la Fureur* de William Faulkner dont il avait dévoré toute l'œuvre, lue et relue grâce à un professeur d'anglais, d'origine européenne, expulsé d'Alger et muté à Tunis parce qu'il avait des sympathies pour la résistance algérienne. Il éteignit la lumière et reprit Lol avec une férocité et une voracité de néophyte, réalisant à ce moment-là que le liquide qui coulait était du sang, le sang de sa virginité et, peut-être, de son martyre!

Le lendemain, Lam partit donc pour le maquis. Il avait rendez-vous à Batna avec un chef de la résistance qui devait ensuite l'acheminer vers une région très montagneuse et difficile d'accès. Les deux femmes l'accompagnèrent jusqu'à cette ville en prenant le train.

Quelque part en Algérie

La veille du départ, Lil lui avait préparé un repas pantagruélique auquel il ne toucha pas ; et Lol lui offrit sa première véritable nuit d'amour, dans laquelle il s'engouffra corps et âme, après beaucoup d'hésitation et de maladresses. Puis vinrent les remords.

IV

MOSCOU

(Journal de Lam. Maquis, été 1957)

Nous avions escaladé les montagnes avec
l'impression due certainement à la peur ou à
l'effarement, d'être passés, comme ça, d'un cla-
quement de doigt, en un laps de temps si étroit,
d'une vie d'élèves modèles dans un collège
d'élite – Nous étions quelques-uns, dans ce
cas –, au maquis. Comme si, certains jours, ces
montagnes se hissaient jusqu'à nous, apparais-
sant au détour d'un chemin d'une façon inattendue, ou sortant brusquement des nuages
d'hiver ou des brumes d'été – celles-là beaucoup plus épaisses, opaques, trompeuses –, nous
laissant pantois, éblouis. Les arbres se mettaient
à tournoyer autour de nous, pendant que nous

marchions, escaladions la rocaille, rampions sur le sol glissant et bourbeux, jusqu'à l'épuisement, et au-delà de l'épuisement jusqu'au chaos. Nous étions tellement harassés et nous avions tellement peur que nous avions le sentiment de marcher à côté de nos corps rompus de fatigue, comme si nos membres engourdis étaient éparpillés d'une façon désordonnée dans nos propres corps recrus et tétanisés. Mais nous avions toujours cette impression que tout bouge, avance, se meut dans une opacité faramineuse ; avec cet été flamboyant tel un mouvement centrifuge, incessant, abracadabrant et meurtrier pour certains d'entre nous, peu habitués à cette véhémence, à ce déferlement et à ce désordre des éléments déchaînés, malgré leur immobilité absolue, malgré leur état statique et minéralisé (A la manière du chat de Lol ? Ou de Fascination II ?). Ce chaos rocheux et végétal nous aidait à passer inaperçus, à nous dédoubler ou à voir nos silhouettes se fragmenter sous l'effet de la chaleur bouillonnante, pendant ces longues marches fastidieuses et harassantes entre les nopals, les jujubes, les oliviers, les figuiers de Barbarie, les carcasses de jeeps calcinées et de chars éventrés, les débris d'obus et de mines enterrées à même la rocaille souvent souillée sur des kilomètres par le napalm et le sang des villageois hébétés. Les squelettes d'avions B.52 jalonnaient notre itinéraire comme s'ils avaient toujours fait partie de la configuration générale, de la calcination nécessaire à ce genre de guerre effroyable, holocaustique, désastreuse...

Nous transportions nos vieux fusils de chasse sur les épaules et, malgré la terreur qui nous rongeait la poitrine, il nous arrivait – rarement – d'exulter, à la fois pour exorciser cette peur glaireuse et pour accélérer la victoire que nous sentions inéluctable – certains jours – et impossible – d'autres jours – là au bout de nos doigts crispés par l'attente, la fatigue, la lourdeur de nos vieilles armes. Nous ne ressentions aucune ivresse, aucune exaltation à faire cette guerre car nous avions cessé très vite de croire à toutes ces balivernes dont nos têtes étaient bourrées. Nous avions peur. Peur de tout. De l'adversaire effroyable. Des chefs impitoyables. Des éléments hostiles et meurtriers. De toute cette guerre faite de batailles éclairs, de guets-apens et d'embuscades, d'excréments, de larmes, d'excrétions de toutes sortes. Tripes, alors, exposées en dehors de nos corps malingres et bleus par les mouches qui s'y agglutinaient d'une façon ganglionnaire. Entrailles vomies par la bouche. Boucheries débordant les propres contours de nos corps et illustrant nos limites. La guerre, c'est-à-dire cette incertaine et douteuse sensation qui serpente à travers le réseau des nerfs explosés, de la moelle qui fuit des vaisseaux, des os et des colonnes vertébrales de nos camarades, tachant l'ocre du cadastre à la fois hostile et hospitalier. Morceaux de cervelle – aussi – qui éclaboussent l'espace et nous apparaissent à travers les larmes et la sueur surabondante. Mais malgré toute cette calamité, cette terreur et cette cécité due à ce trop de soleil, ce trop de ciel bleu, ce trop d'eau des lacs cristallins, ce trop de pluie, ce trop de neige et ce trop de verglas, notre rancune était inépuisable. Mitrailles – aussi – et bouts de plomb effilés qui grêlaient l'air à la façon des trombes d'eau (imaginaires?) de notre enfance. Nous étions trop jeunes et lorsque la nuit tombait, certains d'entre nous réclamaient leurs mamans en hurlant ou en suppliant vainement des chefs implacables, durs et imperturbables. Puis, dès le soleil levé, l'orgueil nous reprenait et nous devenions avides de violences, de prouesses militaires, de hauts faits d'armes et d'héroïsme jusqu'au vertige. Ce sentiment que les montagnes marchaient vers nous! Ivresse de la vengeance? Cruauté de l'esclave qui se déchaîne après un siècle et demi de silence, de peur, d'obséquiosité? Peut-être! Mais nos vieilles armes étaient devenues le prolongement organique de nos propres mains. Nous avions beaucoup mâché notre haine et notre haleine s'en ressentait. Les choses nous submergeaient. Nous nous étions retranchés derrière les blasphèmes et le défi. Nous ne cessions pas de laisser de côté les redondances et les joutes oratoires de ceux qui nous haranguaient matinalement pour faire de nous des va-t-en-guerre endurcis et jubilants. La nuit, nous nous méfiions même des boussoles déréglées (qui sait? après tout, Lol faisait bien exprès de dérégler les dix-neuf horloges siciliennes de son corsaire d'ancêtre, pour les réparer elle-même et tromper ainsi l'ennui?) par notre magnétisme en effervescence. Nous avions banni la notion de hasard parce que le crachin du plomb et l'odeur de la poudre nous enivraient et nous rendaient très suffisants. Maintenant nous étions capables de lire nos géographies étalées à même le sol et nos boussoles portées en sautoirs. Nous étions nos propres guides et connaissions le terrain, pouce par pouce, ride par ride, et ravine par ravine. Nos boussoles perdaient parfois leurs aiguilles sous l'effet de nos pulsations désordonnées. Nos narines se transformaient alors en sismographes qui s'affolaient à l'approche de l'ennemi. Nous vîmes les fleuves quitter leur lit sous l'effet des bombardements. Les arbres tourniquer sur leurs racines. Notre patience déborda nos corps. L'attente fut longue. Les corps affamés.

L'orgueil brimé. Nous eûmes notre cortège de famines, d'épidémies, de frustrations, de soumissions et de viols. Il était temps et il fallait faire cesser toute cette gesticulation coloniale. La guerre avait déplacé les montagnes rampant vers nous, magnétisées par notre colère et notre rancœur. Les grottes se transformèrent en un vaste réseau de nerfs qui tissaient leurs ramifications dans tout le pays que nous arpentions sans cesse, jusqu'au tournis et à la confusion des êtres et des choses. Certains jours, nous croyions même que nos pataugas marchaient à nos côtés !

Nous étions entrés dans la guerre, comme on entre dans un bain maure surchauffé alors qu'il gèle dehors. (La nuit, pendant les quelques heures de sommeil hâtives et désordonnées, je rêvais des seins violets de femmes vaporeuses qui me glissaient entre les jambes mais où Lol, incestueuse, dévergondée et impudique, était bannie, interdite.) Nous avions empoisonné des chiens zélés, égorgé des caïds suffisants, fusillé des imams vendus, liquidé quelques paysans misérables qui bégayaient entre la peur et le courage. Nous pleurions au moment de leur exécution, car nous comprenions que la faim avait brouillé leur vision et leur sagacité légendaires. Ils n'avaient pas compris le sens de cette tornade aussi soudaine qu'inattendue.

Nous avions raturé les mots vides, les discours ennuyeux et les harangues démagogiques, avec la pointe de nos baïonnettes, lorsque certains jours l'opacité des phénomènes nous rendait ennuyeux, désabusés et désœuvrés. Nous nous en prenions alors à nos chefs qui nous agaçaient avec leurs boniments, leurs punitions d'une cruauté incroyable, leurs corvées inutiles. Nous sûmes ainsi et très vite que la guerre c'était l'enfer arrosé de sang et de vomi. Nos entrailles explosaient entre nos mains et bleuissaient sous le dard des mouches espiègles.

Leurs journaux (200 HORS-LA-LOI MIS HORS D'ETAT DE NUIRE DANS LES AURES) s'étaient moqués de nous au début (Des pétards mouillés. Des pouilleux en guenilles... des Arabes fanatiques...) mais commençaient à nous prendre au sérieux, maintenant, parce que nous avions raturé les traces de la peur, du sang et de la sueur, les crachats de tuberculose, les traînées de glaire, les quintes de toux, etc. Leurs journaux ne s'esclaffaient donc plus et leurs colons ne se tordaient plus de rire. Leurs radios continuaient, cependant, à seriner des rengaines. Le brasier s'étendait et l'enfer s'ouvrit sur ses deux battants. Même les arbres s'étaient mis à marcher à nos côtés. Mais une révolution est toujours un cercle vicieux dont personne ne connaît les contours. Les chefs militaires français imbus de leurs décorations refusèrent de voir la réalité en face. Nous sentions la phosphorescence de nos os dégouliner de dessous nos peaux et les odeurs de poudre piquante et de laine rance nous imprégner. Ceux qui s'étaient moqués de nous, la veille, avaient changé d'avis : ils se mirent à décréter, sous l'effet de la panique, n'importe quoi : tribunaux militaires, renforts en hommes et en armes, condamnations à mort, couvre-feu, état de siège, exécutions sommaires, guillotinages en série, tortures d'une cruauté impensable. Et à donner à leurs opérations terrifiantes, meurtrières et génocidaires, des noms de pierres précieuses (Topaze, Ambre, Opale, Rubis, Saphir, Emeraude, etc.). Ils déliraient !

Lol était donc exclue de mes rêves érotiques, malgré la nuit incroyable qu'elle m'avait donnée comme une offrande païenne avant de m'accompagner le lendemain jusqu'à Batna, en compagnie de Lil qui, elle, m'avait gavé de sa gastronomie raffinée mais trop abondante. Lol était la seule personne qui recevait mes lettres du maquis, faussement enthousiastes jusqu'à la jubilation et qui la rendaient, certainement, sceptique et méfiante ! Ainsi, elle croula sous le déluge de ma correspondance remplie de mots fluides et faussement joyeux, pour lui éviter de tomber dans le marasme des jours sans gloire où elle cessait de vivre sa vie tellement active et agitée qu'elle donnait le tournis à tout le monde, au point que même Lil finissait par la trouver insupportable. Elle était capable, alors, de cesser de fumer et il ne lui restait entre ses doigts jaunis par la nicotine que le filtre spongieux de la première cigarette. Je l'envahissais avec mes lettres gribouillées à la hâte, à chaque halte parce que je ne voulais pas lui laisser le temps ni l'espace de s'intercaler entre les mailles de ma narration prétentieuse et héroïque, quand bien même j'essayais de laisser de côté tout orgueil ou suffisance, ne cessant pas de réorganiser et de mettre de l'ordre dans ces événements vécus d'une façon serrée, arc-boutée, insolite et illimitée, soudant les détails les uns aux autres pour ne laisser aucune place au doute. J'avais surtout peur que Lol tombât dans la fatuité. Ce qui aurait gâché son caractère fait de remises en cause et de désinvoltures, parce qu'elle aurait un frère incestueux qui se compromettait avec l'héroïsme stupide et douteux. Elle ne me répondait que très laconiquement comme si elle essayait par sa sobriété et sa concision de me reprocher cette tendance à la logorrhée que j'utilisais en fait pour recomposer ma propre histoire avec les éléments de la mémoire à la fois fragile et débordante et pour me donner – surtout ! – un peu de courage.

Je continuais quand même à lui envoyer des sortes de rapports survoltés et exagérés, malgré ses réticences que je devinais à travers ses réponses bâclées et très négligées. Entre-temps, nous continuâmes à fuser à travers les arbousiers et les nopals foudroyés par le napalm et le soleil. Nous haletions alors pour rattraper les fantômes de nos ancêtres tombés en poussière après s'être empêtrés dans le bourbier de la guerre.

Je taisais aussi, dans mes lettres à Lol, les règlements de comptes qui ne tardèrent pas à surgir à cause de l'orgueil de certains chefs métamorphosés en tyrans assoiffés de gloire, de pouvoir et de butins. Nous nous énervions alors, marchions, ressassions notre colère. Nous surgissions du néant, arrosions les étrangers de chevrotine, de balles explosives ou à fragmentation avant de disparaître. Ils en restaient hébétés. Nous ne savions plus aller à l'essentiel et rampions sans cesse, jusqu'à ce que l'horizon se gondolât et se transformât en un réseau de mirages qu'il nous faudrait un jour démystifier et décrypter. Nous escaladions les crêtes à la cadence des cochenilles éparpillées entre nous et les tombes de ceux que nous avions tués. Les soldats ennemis épargnés par notre hargne s'enfonçaient alors dans des siestes farfelues et douteuses qui nous donnaient des cauchemars asphyxiants et paralysants. Il nous arrivait – à l'instar de nos ennemis – de somnoler dans quelques refuges aléatoires. Réveillés en sursaut, nous nous trouvions en train de patauger dans le sang de nos compagnons que nous enterrions à la hâte avant l'arrivée tumultueuse et criarde des rapaces et des charognards, pour ne pas laisser leurs plaies se remplir d'herbe et de terre grouillante de vers voraces. Il ne nous restait, alors, que des subterfuges enfantins pour ne pas trop nous imbiber de méfiance, de chagrin, de violence et de déception. Quelquefois, notre conscience vrillait un éclair bleu et acharné qui ne nous laissait ni répit ni trêve. Ainsi nous courions, dévalions les pentes, nous dépêtrions, alors que nos camarades mourants humaient les dernières bouffées de haschisch, les respirant avant le dernier soupir, le dernier râle, avant que nous les ensevelissions dans des suaires misérables et les aspergions de chaux vive. Les jours coulissaient les uns derrière les autres. Les nuits se télescopaient au point que nous ne savions plus faire la différence entre le lever du soleil et l'explosion du crépuscule, entre le coucher du soleil et la montée de la sensualité laissant libre cours à notre excitation et à notre morgue et allant jusqu'à éviter les chemins faciles empruntés par nos ancêtres au début des temps, lorsqu'ils résistaient aux assaillants et perdaient leurs guerres (90 FELLAGAS ABATTUS EN GRANDE KABYLIE AU COURS DE L'OPERATION TOPAZE... GINA

LOLLOBRIGIDA...) l'une après l'autre, se retrouvant désemparés, face à la défaite et à l'amertume, s'adossant aux compromissions et aux trahisons, donnant ainsi à l'étranger triomphant un droit de cité et de mort sur eux, alors qu'il ne voulait que venir à bout de la race, pulvériser la tribu à travers un itinéraire jalonné par les génocides, les massacres, les récoltes brûlées, les terres expropriées. Il ne nous restait donc plus qu'à ruser avec la réalité, à berner les cartographies ennemies, alors que les ancêtres ne nous avaient rien légué! Ni tactique, ni testament, ni ruse de guerre; rien donc de ce qui aurait pu nous aider à réaliser leurs rêves de revanche et leur volonté de vengeance. Etions-nous ingrats envers les ancêtres? Certainement pas! Lucides seulement parce que intransigeants vis-à-vis de nous-mêmes, avant toute autre chose. Nous savions les soulèvements, les jacqueries, les révoltes, tous gravés dans nos mémoires mais cela ne nous satisfaisait pas outre mesure. Nous en voulions aux ancêtres d'avoir été vaincus tant et tant de fois! Etions-nous sûrs de notre destin? Pas vraiment car il nous arrivait souvent d'être trahis par nos boussoles qui se déréglaient à cause de notre magnétisme débridé, de notre trouille indicible et des battements de nos cœurs tenaillés par une sorte d'incertitude qui était devenue une seconde nature, une habitude exécrable et poisseuse nous collant à la peau de façon hallucinante. Aucun répit, avec cette sale chose comme injectée, incrustée en nous.

(Fin du journal de Lam.
Aurès. Eté 1957)

De temps à autre, Lam obtenait une permission de quelques jours qu'il passait à Constantine. Il s'installait, alors, sous une fausse identité dans l'hôtel le plus chic de la ville : « Le Cirta » où Lol venait le rejoindre déguisée en homme. Ils passaient de longues heures enfermés dans la chambre de l'hôtel à parloter, sans jamais évoquer cette fameuse et terrible nuit où Lol s'était donnée à lui, par chagrin, peut-être, ou par provocation ou par une envie égoïste de se débarrasser, enfin, de sa virginité qui l'encombrait quand même malgré ses dénégations et ses protestations lorsque Loly la taquinait à ce sujet. Peut-être, aussi, pour déniaiser Lam qu'elle couvait de sa tendresse presque maternelle, et empêcher ainsi une autre femme de le faire à sa place, parce que, aurait-elle pensé, il s'agissait là d'une affaire trop délicate pour la laisser entre les mains de quelqu'un d'autre qu'elle-même.

Fascination

Lorsqu'ils s'enfermaient dans la chambre de cet hôtel, Lol restait immobile. Elle écoutait dans une fixité qui la rendait plus fabuleuse encore qu'à l'ordinaire, comme si elle faisait dérouler dans sa tête une bande impressionnée dont les images se projetaient sur l'écran spacieux de son imaginaire dévergondé, impudique, rebelle et opposé à tous les préjugés. Elle n'allait plus, alors, farfouiller, comme à son habitude, dans son sac à main, à la recherche de quelque chose (paquet de cigarettes, briquet, épingles à cheveux, fioles de parfum, boîtes de Temestat, etc.) et se concentrait sur les propos de Lam, tenaillé par le remords de ce qu'il croyait être un inceste, malgré toutes les explications et les dénégations de Lol. Il n'en revenait pas de la voir si attentive, ne l'interrompant jamais plus avec ses questions impossibles, lourdes de malices, de dérision et d'ironie. Il poursuivait son récit. Voulait parler du maquis, de sa déception et de sa peur mais il craignait ses réactions sentimentales (elle en était quand même amoureuse !), ses questions au sujet de détails si insignifiants, comme si elle voulait noyer les doutes essentiels de Lam et sa grande désillusion dans cette passion, tout à fait artificielle, cette obsession agaçante du détail. Elle se remettait à fumer rageusement, cigarette après cigarette, à le fixer d'une façon quelque peu insolente, d'un air de reproche. Il reconnaissait qu'il aurait mieux fait d'imiter ses autres condisciples qui avaient refusé de monter au maquis, de se la couler douce dans quelque université étrangère, d'être lâche, quoi! Cela aurait été plus facile. Lol ne cessait plus, maintenant, de harceler le monde alentour, avec des gestes surexcités et une sorte de fureur surabondante comme si elle pompait l'ombre qui avait envahi progressivement tout le tabernacle enfumé. Et la nuit les rattrapait très vite et recouvrait complètement leurs corps. Lam assis sur son lit du côté de la table de nuit; elle, assise dans l'unique mais très imposant, vieillot et prétentieux fauteuil, fumant, avec un joli bruit de succion enfantine, tandis que le soir dissipait ce qui restait encore visible dans les contours des objets et leurs rebords, comme s'ils se dévoraient les uns les autres, se happaient, se désintégraient, se volatilisaient, perdant ainsi toute leur consistance.

Il était arrivé à Moscou, avec cette jambe droite en charpie, gangrenée, qu'on allait amputer ou ne pas amputer; passant d'un service à l'autre; écoutant les médecins, les infirmières et les malades parler une langue qu'il n'avait jamais entendue; essayant d'en percevoir les modulations et le fonctionnement alors que son état semi-comateux persévérait malgré les soins intensifs et cette douleur qui lui traversait le corps jour et nuit. Entre deux phases d'inconscience, il devinait les couloirs de l'hôpital, les odeurs de formol, de médicaments, de lait bouilli, de sueur rance, du sang des plaies ouvertes et purulentes ; feignant de ne pas avoir mal, puisant dans son orgueil l'ultime capacité à nier l'évidence devant les infirmières pimpantes, au teint rose, aux pommettes saillantes, aux yeux bleus ; commençant très vite à baragouiner quelques mots russes usuels pour dire merci, bonjour, au revoir ; tentant malgré une fatigue comme puisée au fond des âges, au fond du corps meurtri, concassé, fourbu et fiévreux, de paraître séduisant, d'attirer la sympathie mais surtout pas la pitié. Quand il parlait, ou disait plutôt quelques mots sans aucune structure grammaticale, sa propre voix lui parvenait, morne, caverneuse. La chambre d'hôpital était belle, minuscule, et les murs d'une blancheur incroyable. Il s'endormait. Il se réveillait seul. Regardait cette jambe énorme, comme emmaillotée dans ces pansements impeccables qu'on lui renouvelait plusieurs fois par jour parce qu'elle ne cessait pas de puruler, de se vider de son sang, de son pus et de son eau. Somnolence – à nouveau – à la marge du monde comme improbable, avec ces draps amidonnés d'une blancheur étonnante, strictement tirés jusqu'au cou et qu'on venait arranger toutes les heures. Lam avait peur d'être amputé.

Sur les murs, des dessins svmeltes, enfantins, irréels, dont l'un représentait des chevaux en pleine course lui rappelant ce là-bas mythique, les prés verts sur lesquels galopaient de superbes étalons noirs aux muscles saillants, aux poitrails comme huilés, tellement rapides et impétueux qu'ils lui semblaient immobiles, coulés dans l'acier, et particulièrement Fascination II, cette pouliche offerte par Ila, la veille de son départ pour Tunis, et qu'il avait appris à dompter, à monter jusqu'à caracoler sur son dos dans le centre-ville de Constantine où le tramway avait failli les écraser, un soir d'été. L'étrangeté, cependant, gâchait ces bouts de rêve, ces réminiscences à peine esquissées qu'elles retombaient aussitôt dans la caducité des faux mouvements, de l'immobilité, de la peur tétanisante et d'une sorte de mort provisoire. Indignation profonde et silencieuse de devoir un jour traîner ce corps chaotique et bancal, immergé dans la douleur, pour l'instant. Paradoxalement, cette douleur était la seule garantie qu'il n'était pas encore amputé, qu'on ne l'avait pas encore mutilé mais que ça n'allait pas tarder malgré les dénégations gestuelles et muettes

d'Olga (le même prénom que l'épouse de
M. Baltayan, l'associé d'Ila?) la jeune chirurgienne qui avait les larmes aux yeux chaque fois
qu'il lui posait – gestuellement – la même question : « Quand toi couper moi? » Cette jambe
droite devenue une source permanente de chaleur brûlante et insupportable lui donnait de
terribles nausées, de terribles envies de se
débrancher, de se suicider, d'en finir avec cette
douleur infecte, dévorante, qui démangeait non
pas sa peau, non pas sa chair mais l'intérieur de
son cerveau.

« Aujourd'hui, c'est juste un tiers de coma
grâce à la morphine... » disait Olga qui ne voulait pas le laisser dramatiser sa situation : « Moi,
sauver ta jambe... Moi sauver vous... Moi,
aimer toi... *Ya Loubloubou*! » Mais très vite il
reprenait ses supputations, ses chances ou ses
malchances d'échapper à la mutilation, avec
cette jambe pleine d'éclats d'obus dont l'un
portait une inscription « made in France. » Il
fouillait, il farfouillait entre les replis de son cerveau et de son corps, à la recherche de souvenirs
sereins, tranquilles et douillets pour se donner
l'envie de vivre, la force de tenir et d'oublier,
mais cela ne diminuait pas vraiment son
angoisse car chaque fois, la folle nuit passée avec

Lol, la veille de son départ pour le maquis, surgissait violemment. L'inceste le tenaillait autant
que sa jambe écrabouillée et douloureuse. Il
aurait préféré mourir à l'époque où il montait
Fascination II et traversait tout Constantine,
allant jusqu'à faire la course avec les tramways
qui sillonnaient le centre-ville et qui auraient pu
le broyer sous leurs roues gigantesques. Tramway fabuleux de Constantine, dévalant les
pentes, remontant les côtes dans un mouvement ataraxique et hésitant à cause, peut-être,
des quatre ponts suspendus qui sauvaient la
ville de l'abîme menaçant de s'ouvrir, sous les
passants, les voitures, les tramways risquant de
terminer leur course au fond de ces gorges du
Rhumel, à quelque mille mètres en contrebas. Il
aimait ce vertige-là quand il se pavanait, trottait
ou cavalait sous le nez des tramways comme
pour juger de ses capacités à frôler la mort.
Monté sur Fascination II dont les naseaux largement ouverts disaient à eux seuls la passion
du mouvement et de la vitesse, il s'abandonnait
au plaisir charnel et physique de défier les
engins électriques, de sauter sur leurs plates-
formes en marche, comme il l'avait vu faire
dans les films de western. Ces souvenirs
effrayants (l'inceste qui se réalisa sans qu'il s'y
attendît; l'accident qu'il faillit avoir, alors qu'il
était monté sur Fascination II; la fugue de Lol

dès son arrivée chez Ila pour aller renifler pendant toute la nuit l'oreiller de sa mère) étaient les seuls à calmer sa peur dans cet hôpital moscovite où il attendait que l'équipe médicale se décidât à l'amputer ou non de sa jambe droite atteinte d'un début de gangrène, là-bas, au maquis, faute de soins rapides et efficaces.

C'était comme s'il était déjà mort et que sa pensée continuait de faire le va-et-vient dans son cadavre fourbu. Il voulait, en fait, pourrir dans sa propre chair endolorie, retrouver – ainsi – l'état de vacuité riche de gestes en puissance, d'actes manqués, de bégaiements de mots russes qu'il commençait à utiliser à la queue leu leu, sans aucune organisation, à la va-vite, à l'aveuglette. Son corps était devenu un fouillis de choses indiscernables et un fatras d'émotions incontrôlables. Odeurs molles d'hôpital! Il désirait retrouver l'état de vacuité riche d'une sorte de transhumance, de chevaux en mouvements jaillissants, de brèches ouvertes au-dessus du vide que les gorges du Rhumel rendaient plus vertigineuses, de quelques hiatus vulnérables, frileux et poreux qui pussent définitivement l'absoudre de la douleur et donc de la vie qu'on lui injectait presque toutes les heures sous forme de sérum, de plasma, de morphine, de sulfamides et d'antibiotiques. Rarement, étendu sur ce lit d'hôpital, il trouvait une issue, une raison valable à sa malchance quelque peu exagérée selon Olga qui le poussait à développer ses rêves, ses visions oniriques où Fascination II, Kahena, Juba II, Massinissa, Tafna, Emir Abdelkader, Salah Bey et d'autres chevaux de pure race arabe, ou de chevaux arabes croisés de chevaux mongols, anglais, andalous, améric... évoquaient le mouvement, la liberté... la vraie vie, quoi!

Ou bien il essayait de s'évader vers les médinas de Constantine, de Tunis, d'Alger, de Fès où il avait accompagné Ila, pour un voyage éclair, juste après avoir réussi son concours d'entrée au collège Sadiki, si prestigieux à cette époque (c'est, peut-être, ce jour-là que son père lui avait offert Fascination II? Peut-être... Olga...!) où il passa sept longues années d'«internat abusif» selon les mots de Lol. Il rêvait. Il hallucinait. Paramnésie molle? Dehors : la canicule. Les habitants de ces médinas qu'il aimait tant devaient être gros de leur sieste humide, et les vieux jouaient aux dominos, dans les cafés rances, à l'odeur de thé à la menthe qu'on sucrait trop et qu'on faisait trop bouillir. Inceste! Il avait alors, pour ne pas faiblir, des attitudes d'enfant recroquevillé sur le sein de l'amante d'une seule nuit, certes, mais fabuleuse et généreuse Lol! qui, fillette de dix ans, s'était elle-même recroquevillée autour de

123

l'oreiller de sa maman dont elle reniflait
l'odeur, quelques semaines après sa disparition.
Il confondait, alors, dans l'abstraction démentielle de la douleur quasi abstraite, Lil avec Lol !
Le délire ne faisait que s'amplifier et s'ouvrir,
telle une immense plaie purulente, à même
l'inconscient mis à nu, violé. Après le reflux, il
ne restait qu'une sensation aveuglante de couleur rouge distillant des résonances jusque dans
ses oreilles, éblouies par la perfection de l'ellipse
bruyante et chaude. Sensation grossie par
l'angoisse de perdre sa jambe, l'angoisse d'avoir
commis un vrai ou un faux inceste (quelle était
la différence ?), l'angoisse du père biologique
qu'il n'avait jamais connu. Il ne savait pas s'il
était un fils naturel, un bâtard (et alors, disait
Lol : Qu'est-ce que t'as contre les bâtards, toi !)
ou un enfant donné à Ila par sa famille victime
de la famine de 1943 ou du typhus de 1944 ou
du massacre commis par l'armée française en
1945. Il était à l'affût : saccades et convulsions.
La peur l'envahissait. Il n'osait pas utiliser le pot
de nuit qu'il cachait honteusement sous le
regard hilare et attendri d'Olga. Les malades
rangés sur leurs lits de grabataires. L'attente
dans cet été moscovite torride, étouffant.

Olga, en fait, ne savait pas ce qu'il fallait
faire. Lam ne comprenait plus rien. Au début il
ne voulait pas se battre. Après il ne voulait plus

se résigner. Entre-temps, il retombait ou bien dans le coma ou bien dans une apathie qui le débarrassait de tout et même de sa douleur ! Olga résumait pour lui : « C'est la fièvre qui te consume ! Tu délires. Mais tu te bats bien ! », insistait-elle, inébranlable dans son optimisme qui finissait par agacer Lam, devenu une sorte de loque douloureuse, de boule putrescente.

L'après-midi moscovite tirait à sa fin. Il faisait très chaud encore. Olga le regardait souffrir avant de s'en aller pleurer dans les lavabos. Dehors, une chaleur étouffante et surtout vibratoire. Le soleil, brouillé par la chaleur bouillonnante, donnait l'impression de ramper à travers les nuages. L'atmosphère était lourde et prête pour une averse qui tardait à venir. Lam espérait même un déluge, un typhon comme pour y noyer sa douleur, son chagrin, son remords, sa nostalgie de cet ailleurs mythique et mythifié, surtout grâce à l'existence de Fascination II qu'il devinait en train de caracoler dans les prés et sur les champs de course, et de celle de Lol qu'il devinait en train de faire l'amour avec Loly.

Corridors vides. Espaces arc-boutés violemment aux dalles. Visages fervents des malades

dévorés par la fièvre et la hantise d'être amputés
de quelque membre ou de quelque organe.
« Dis-moi lentement le nom de la ville où je
suis », baragouinait Lam à Olga, dans un mauvais russe. Elle disait : « Moskova ! Moscou ! » et
riait, comme pour le rassurer, lui cacher ses
propres doutes et ses propres affres de jeune
chirurgienne ayant le même âge que lui, un peu
de béguin (l'exotisme) et beaucoup de pitié ! Les
lendemains étaient pénibles : certains malades
ne se levaient pas de la journée. Les mélanco-
liques tentaient de se suicider en catimini. Les
infirmières se faisaient parfois agresser par les
malades désespérés. Lam, lui, attendait toujours
la décision d'Olga qui n'oubliait jamais de lui
apporter chaque jour des fleurs, au vu et au su
des autres malades qui ricanaient. Il attendait
pour savoir le nom de la ville où était situé cet
hôpital pour grands blessés de guerres (Vietnam, Algérie) ; accidentés de la circulation ou
du travail... A chaque réveil, à chaque sortie du
coma, Lam tombait nez à nez avec une photo
posée sur sa table de chevet qui le représentait
habillé d'un battle-dress vert olive et d'un cha-
peau de brousse. Il en était toujours surpris et
ne savait pas qui l'avait mise là. Il sentait alors
poindre en lui un lien difficile à soutenir, entre
son hospitalisation et les marches harassantes
qu'il avait faites jadis, à la recherche d'une

cache, d'un point d'eau ou d'un gourbi où on lui donnerait à manger, avec beaucoup de réticence, parfois.

Photo de lui en tenue militaire, un peu floue, un peu cocasse, un peu rayée, lui rappelant les photos d'Ali et d'Ali Bis détenues par Lol en douce d'Ila pour ne pas ajouter à sa perplexité, ou à sa déception d'avoir été trahi par ses deux hommes de confiance. Photos, aussi floues, aussi cocasses que la sienne et que Lol lui montrait de temps à autre pour qu'il puisse se faire une idée d'eux. Photos, aussi, que lui montrait Lol : celle de Kol et de Mol, complètement nues et qu'avaient oubliées les deux éleveurs des haras d'Ila, dans leur fuite toujours inexpliquée aux yeux ce celui-ci, mais pas du tout aux yeux de Lol qui distillait à Lam tout ce qu'elle savait à leur sujet, avec beaucoup de parcimonie. Rappelant à Lam des photos coloniales transformées en cartes postales et vendues dans les boutiques obscures de La Souika de Constantine, juste à l'entrée de la Kasbah.

Photographies coloniales, aussi pâles et dépolies que celles d'Ali, Ali Bis, Kol et Mol, mettant en branle les personnes, les architectures et les corps nus des prostituées à peine pubères, plus fantasmées que réelles. Les photographies étaient presque comiques à cause de ce regard colonial indécent et surréaliste qui les rendait maussades et pitoyables jusqu'à l'éclatement et la pulvérisation de l'autre (l'indigène) dans un étourdissement mécanique démuni de toute métaphysique. L'exaspération montait dans l'esprit de Lam jusqu'à l'intolérable désagrégation du sujet, dans une ellipse chaotique, burlesque et chargée de sous-entendus et de malentendus dramatiques ; parce qu'elles ignoraient totalement le chagrin et le malheur du sujet convoité ; à travers une vision stéréotypique, cannibale et vorace du colonisé.

Photographies coloniales donc et abjectes, telles ces cartes postales représentant des Algériens pendus, envoyées par les Européens d'Algérie à leurs parents et amis de France, avec cette inscription générique : « Bons baisers d'Algérie. » Lam en avait toute une collection qu'il avait patiemment réunie, en cachette des autres membres de la famille, pendant son adolescence.

Hôpital. Va-et-vient feutré. Parfums entêtants des seringas qui collaient leurs fleurs d'un blanc éclaboussant contre les fenêtres de la chambre de Lam. Raclements de gorge. Chasses d'eau. Voix latentes d'infirmières que la douceur du soir ramenait à une vision plus sereine des choses. Bégonias. Rosiers. Vent dans le parc.

Chien dans la villa voisine. Les lumières sont bleues au plafond. Soupirs des malades.

Olga avait prononcé plusieurs fois le nom de la ville, puis épelé lettre par lettre : M.O.S.K.V.A. Mais Lam affaibli l'oubliait aussitôt. « Cela se trouve où ? », demanda-t-il un soir alors qu'il était dévoré par la fièvre. Olga, subrepticement, presque avec une once de pudeur dans la voix, n'avait su que répondre. Elle essaya de cacher son embarras. Lam la regarda les yeux pleins de reproches. Elle dit en farfouillant dans ses cheveux, comme à la recherche de quelque épingle ouverte : « Comme tu es fatigué et fiévreux ! » La plupart des malades ignoraient la langue russe, mais tous riaient devant l'énervement et l'excitation anormale d'Olga qui venait le voir chaque matin en apportant des fleurs et des fruits, ainsi que des citations de Gide sur Biskra, griffonnées sur une page d'écolier débutant, parce qu'elle voulait lui faire plaisir et qu'elle connaissait quelques mots de français. Elle lui parlait, parfois, de la photo qui ne portait pas de date au verso. « C'est simple, disait-elle, tu as fait la guerre quelque part, à une certaine époque ; mais la guerre est finie pour toi maintenant ! Il faut qu'on te soigne. On ne va pas te couper la jambe. Je t'en donne ma parole! Mais tu auras souvent de la fièvre et des pertes de connaissance. Tu es vigoureux... Ça se voit que tu as fait beaucoup de cheval...! »

Lam ne fut pas amputé de sa jambe droite grâce à la persévérance, à la ténacité et au talent d'Olga, toute jeune, toute gracile, mais dotée d'un entêtement qui avait, à l'image de ses pommettes, quelque chose de slave.

V

PÉKIN

Bien que visqueuses et ramollies, toutes ces impressions accumulées par Lam après cette longue et douloureuse hospitalisation s'enrichissaient les unes les autres de rajouts, avec des sens cachés, se distinguant grâce à des nuances et des différences ténues dans leur forme, quelque peu délavées dans leur couleur, gonflées sous l'effet de la mémoire devenue incertaine, confuse et excessive, à force de frôler la mort, d'un coma à l'autre, d'une perte de conscience à l'autre. Elles avaient plus de consistance, étaient plus ramassées sur elles-mêmes, grâce à des débordements nombreux capables de se développer, et de proliférer.

Lam avait un seul but. Il tentait surtout d'échapper à cette confusion dont il souffrait à cause de cette identité falsifiée, faussée et complètement chamboulée pour une raison qui lui échappait complètement ; et dans le but, enfin, d'échapper à ce remords qui le tenaillait non pas depuis qu'il avait consommé l'inceste avec Lol, mais depuis toujours. C'est-à-dire depuis que, tout petit, Lol venait se glisser dans son lit et qu'il savait, intuitivement, que ce n'était pas normal. Cependant une véritable correspondance préexistait entre les éléments divers de ce faisceau complexe, enchevêtré, tentaculaire, bourré d'intuitions, de sensations et de fantasmes, reliés intimement les uns aux autres mais capables de cesser brusquement, d'une manière inattendue, de se contredire, de buter contre les faits entêtés et durs, voire rébarbatifs, d'enfreindre toutes les lois de la paramnésie, de se surpasser, de se dédoubler, de rétrécir, etc. D'autant que la mémoire est là, à l'affût de toutes ces futilités inépuisables, prêtes toujours à se lancer dans les déserts congelés ou surchauffés de l'inconscient.

Hôpital. La nuit s'éparpillait dans l'air et s'y dissolvait. Dès que les premières particules de lumière bombardaient l'atmosphère, Lam se réveillait, les membres engourdis, rongé par une lassitude mentale et un épuisement dont il lui était difficile de discerner l'origine. Il se rappelait que la guerre était finie pour lui maintenant et que sa jambe était sauvée[1] alors qu'il n'avait pas encore émergé totalement du sommeil, il se rappelait, avant toute autre chose, Fascination II, hennissante, galopant à une vitesse foudroyante, coulée dans du plomb comme les statues de chevaux placées sur les étagères dans le bureau d'Ila, en compagnie des trophées et des coupes gagnés par son écurie, à travers le monde entier. Lam ne cessait de se répéter que la guerre était finie, bel et bien terminée pour lui. C'était alors qu'il s'engloutissait dans la fluidité de cette atmosphère soyeuse, émettant des signaux et des couleurs où dominaient particulièrement celles lie-de-vin, jaune paille et prune dont Lol raffolait, et celle noire huilée de la robe de Fascination II.

Lol arriva donc en trombe (mais comment avait-elle su qu'il était dans cet hôpital de Moscou ? Il soupçonnait les Services de Renseignement aussi efficaces que redoutables d'Ali ou Ali Bis, mis sur pied depuis leur fuite en 1940, d'être au courant de tous les détails concernant les membres du clan d'Ila) dans le service où son frère adoptif était soigné. Elle était chargée de cadeaux, de photographies très récentes représentant les membres de la famille et tous les chevaux des haras, dont Fascination II, toujours éblouissante. Elle arriva donc, par

surprise, amenant avec elle ce grabuge ini-
mitable, cette agitation si caractéristique, ces
toilettes si extravagantes qu'elle dessinait et
confectionnait elle-même, cette beauté rava-
geuse et ambiguë. Lam se mettait alors à lui
demander des explications tandis que les effets
de la chaleur torride continuaient insidieuse-
ment à déformer les objets et les rares meubles,
leur donnaient un aspect surprenant; ce qui
épaississait – du coup – les différentes strates de
l'atmosphère, entre pénombre et flamboiement,
entre plaques épaisses d'obscurité et plaques foi-
sonnantes de lumières crues, qui régnait dans la
chambre de l'hôpital, en devenant embuée,
concentrée et accumulée couche par couche,
humidifiant de la sorte la surface du miroir.
Pour montrer à Lol que sa jambe était guérie, il
quittait péniblement son lit, faisait quelques
pas, allait vers le lavabo, se peignait les cheveux
en se regardant dans la glace, scrutant les traits
de son visage, les tâtant, faisant aller et venir
son index sur la peau de ses joues granulées par
une barbe rugueuse de quelques jours, se rendant compte alors que le poil avait poussé dru,
pendant que la chambre se mettait à tourner sur
elle-même. Mais il tenait bon. Evitait de jus-
tesse de tomber ou de s'évanouir, pour ne pas
inquiéter Lol. Laissait, alors, les souvenirs
remonter du fond de la préhistoire de sa vie,

avec ses jours et ses temps dilatés, pleins de grands bonheurs et de petits malheurs de la vie ordinaire, malgré cette accumulation d'ambiguïtés sur ses origines, son état-civil, son prénom, son vrai lieu de naissance (il soupçonnait d'être né dans un pays étranger, de parents étrangers!) et, depuis maintenant deux ans, cette relation étrange avec Lol dont il n'arrivait pas à préciser le cours. Lam se perdait dans le labyrinthe du sang et de l'inceste, ne sachant plus où il en était malgré l'aplomb de Lol, voire son arrogance à balayer toutes ses appréhensions d'un geste de la main qui se voulait aussi désinvolte que cocasse mais dont il percevait la trajectoire pathétique à travers une sorte de désespoir refoulé avec une volonté et une rigueur impitoyables. A la manière de ces dix-neuf horloges siciliennes qu'elle avait amenées avec elle de son village natal, criblant l'espace à chaque segment essentiel du temps dans une sorte de somptuosité calculée et de lenteur mesurée; comme si les horloges remémorées le faisaient exprès, pour venir à bout de ses nerfs et lui faire perdre son équilibre précaire, pour aller se perdre dans la géographie spacieuse des mots et des méandres insondables de la mémoire, et pour le faire embarquer, lui, dans les équations d'une logique tout à fait débonnaire. Mais il s'en méfiait!

Les nouvelles photographies que Lol avait apportées ne représentaient pas seulement les membres de la famille mais aussi de belles mosquées, églises et synagogues de ces capitales visitées par le père pendant l'absence de Lam. Elles représentaient aussi les énormes ports pansus avec, à l'arrière-plan, l'imbrication de leurs structures, la somnolence de leurs bateaux aux formes et aux couleurs multiples, tels Marseille, Gênes et Barcelone où M. Baltayan, l'inamovible ami et incontournable associé continuait à gérer les affaires concernant la vente, l'achat et le croisement des chevaux de course. Lol, depuis qu'elle avait fait son intrusion dans la chambre d'hôpital, n'avait pas cessé de lui donner des nouvelles : Ila continuait à courir le monde à la manière des géographes et des navigateurs anciens qu'il ne cessait de lire et d'admirer tels que Marco Polo, Ibn Batouta, Vasco de Gama, Ibn Khaldoun et tant d'autres. Toujours à la recherche de nouvelles races, de nouveaux étalons ou pouliches afin de les croiser avec ses propres chevaux. Il refusait obstinément de vendre Fascination II que les acheteurs lorgnaient, depuis le départ de Lam à la guerre, pensant peut-être que le fils d'Ila mourrait certainement au maquis ou qu'il serait vite pris par l'armée française, vite torturé, vite condamné à mort et vite guillotiné.

Lam imaginait les tempêtes fulgurantes, les vents de sable, les glaciations arctiques, les déserts gelés, les marécages gélifiés, les plantes exotiques, les plaines andalouses où paissaient de magnifiques chevaux pour lesquels Ila s'était découvert récemment une passion incroyable, les villages africains craquelés et sécables, les ouvriers chinois souriant sur leurs bicyclettes, les jeunes filles africaines, les prostituées algériennes, etc. Ainsi le monde grouillant pénétrait de la sorte dans la maison familiale grâce à ces fameuses photographies et effrayait Lil choquée par l'érotisme ou l'indécence de certaines reproductions que le père achetait d'une façon spontanée et innocente sans trop de discernement ni de vigilance. Ila inscrivait au dos de ces fameuses cartes postales des formules d'une tendresse incroyable pour un homme de sa génération, issu d'une société puritaine et hypocrite, incapable d'exprimer ses sentiments, quelque peu shizophrénique. Il envoyait souvent les photographies des étalons et des pouliches qu'il achetait et donnait beaucoup de détails concernant le cheval acheté, le lieu de transaction et la date de l'acquisition. Il écrivait en français pour éviter les complications de la censure coloniale considérant l'écriture arabe comme quelque chose de cabalistique et subversive ; bien que les chiffres formant la date (jour, mois, année)

fussent quand même arabes. Ce monde para-
doxal et parfois obscène entrait donc dans cette
grande et magnifique demeure, que Lol continuait à gérer avec Lil, tout en tenant une correspondance suivie mais secrète avec Ali et Ali Bis.

C'est à l'hôpital que Lol apprit à Lam qu'Ali
et Ali Bis, après s'être enrôlés en 1940 dans
l'armée française en déroute, s'étaient engagés,
toujours séparément et sans aucune nouvelle
l'un de l'autre, dans la Résistance. Ils avaient
été faits prisonniers par l'armée allemande et
s'étaient évadés après quelques mois de déten-
tion. Ali devint chef d'un groupe de résistants
dans le Val-de-Marne, et plus précisément à
Maisons-Alfort où Ali Bis fit ses études vétéri-
naires ; il tint bon avec son réseau jusqu'à la
débâcle de l'armée allemande et libéra, en juin
1944, la mairie des Lilas à Paris, à la tête de ses
hommes et reçut pour cela les félicitations du
général Leclerc. Après la Résistance, tous deux
partirent pour l'Indochine dès 1950 où ils
firent la guerre et acquirent quelque grade
subalterne. Ils avaient ensuite, toujours séparément, déserté l'armée française à Diên Biên Phu
en 1954 pour rejoindre les maquis algériens où
ils se trouvaient à l'heure actuelle. L'un à l'est.
L'autre à l'ouest (ou au centre ?). Lam ne voulait pas croire ces révélations de Lol, tellement

elles étaient invraisemblables. Surtout cette incroyable libération de la mairie des Lilas où selon Lol se trouve, maintenant, une plaque commémorative en hommage à Ali, avec son véritable nom. Elle mit du temps à le convaincre de la véracité de tous ces événements abracadabrants. Il y avait un tel mimétisme entre Ali et Ali Bis, déjà à l'époque glorieuse où ils dirigeaient les haras d'Ila, qu'il était presque normal que leurs deux destinées continuassent à fonctionner parallèlement, voire à se chevaucher, à s'enchevêtrer l'une dans l'autre, sans jamais se rencontrer! En effet, lorsque Ali Bis s'enfuit de Bône avec la sacoche pleine d'argent, en compagnie de Mol, Ali se lança à sa poursuite et prit le bateau pour Marseille, sachant pertinemment que Jeanne surnommée Mol, la mauvaise égérie d'Ali Bis, ne pouvait partir que vers la France. Pendant vingt ans Ali poursuivit, en vain, Ali Bis, bien qu'il le côtoyât presque tout le temps. Il voulait retrouver son ancien assistant et le ramener auprès d'Ila devant lequel il devait avouer son crime et sa trahison et, du coup, l'innocenter.

Lol raconta l'épopée d'Ali et d'Ali Bis à Lam, heureux d'avoir conservé sa jambe droite, mais encore affaibli, incrédule et ahuri par ce récit qui lui semblait trop loufoque, avec trop de coïncidences et d'actions héroïques. C'est aussi pendant ce séjour à Moscou qu'elle lui confia un gros secret : depuis son arrivée chez Ila, elle avait toujours terriblement désiré devenir jockey, la première femme jockey du monde, peut-être, et défendre ainsi les couleurs de l'écurie d'Ila, provoquer les colons et imposer les idées émancipatrices de son père adoptif. Lam, pour la première fois de sa vie, vit Lol balbutier, bégayer et rougir d'une façon incroyable.

Une fois guéri et après avoir retrouvé toute la souplesse de sa jambe, Lam passa six mois à Moscou. Il apprit la langue russe et tenta de faire l'amour avec des Moscovites, comme pour oublier Lol, comme pour oublier l'inceste! En vain, car il était devenu impuissant à cause de cette longue et pénible hospitalisation ou...? Après cette période durant laquelle il voyagea beaucoup à travers toute l'URSS, il fut envoyé par la résistance en Chine où il résida quelques mois à Pékin pour faire connaître la révolution algérienne. Pékin (*Capitale des nombreuses principautés dissidentes établies sur les confins de l'Empire par les « Barbares » du Nord-Ouest de l'Asie. Les Khitans au XIII* siècle. Les Djurchets au XII* siècle et les Mongols au XIII* siècle. Le premier*

*nom connu de la ville est Dadu qui jouait le rôle
de grande capitale et que Marco Polo affublait du
nom de Cambaluc et qu'il décrivit ainsi : « Elle a
si grande multitude de maisons et de gens dedans
et dehors la cité que ce semble impossible chose ; et
je vous dis qu'il y vient plus de choses de grande
valeur et étrangères que dans aucune autre cité qui
soit au monde. » Au XVe siècle, elle sera celle des
Ming. Au XVIIIe siècle, elle sera celle des Quing.
« La ville musée » comprend la ville intérieure
(nei cheng) qui a été bâtie à l'origine par les Tar-
tares et qui abrite les classes privilégiées des quartiers résidentiels. Au centre, il y a « La ville
pourpre » (Zitin Cheng) dite la Cité interdite,
réservée à l'empereur et à sa Cour. Elle est formée
de la Cité impériale (Huang Cheng) où se trouve
le palais impérial (cugons), ainsi que de nombreux
parcs et pavillons de luxe. Au sud de la ville intérieure se trouve la ville extérieure appelée la ville
chinoise par opposition à la ville intérieure, dite la
ville tartare ; c'est là que sont situés les quartiers
populaires, aux rues étroites et très animées, flan-
quées de boutiques d'artisans, d'échoppes de marchands, et de gargotes dont les cuisines sont
installées en plein air.)* où Lam se trouva donc
après avoir séjourné à Moscou pendant plus de
six mois, passés, pour la plupart, à l'hôpital.

De Moscou où il avait fini sa convalescence,
Lam reçut l'ordre d'aller à Pékin, avec ses mul-

titudes incroyablement bariolées, ses bicyclettes
créant des embouteillages complexes, inextricables et inattendus, ses grandes artères interminables, ses parcs, ses pagodes. Ville où Chen,
qui était à la fois son traducteur et son professeur de chinois, le promenait dès qu'ils avaient
une minute à eux et ne cessait pas de lui répéter : « Si chaque Chinois mangeait un grain de
riz de plus qu'il ne lui en faudrait ce serait la
famine... Tu imagines... Multiplie un milliard
et demi par un... Tu vois... Ça fait un milliard
et demi de grains de riz... C'est beaucoup, mine
de rien... Mais tu peux calculer... Tu peux... »
Ce qui laissait Lam dans un état de grande perplexité. Il avait l'impression que les Chinois
étaient tout le temps en train de manger...
Assis. Debout. Accroupis, surtout. Ce qui amusait Lam parce qu'il voyait les gens rester dans
cette position pendant des heures, sans changer
de posture, sans essayer de détendre leurs
muscles. Comme ça ! A travailler, à s'agiter, à
rire d'un rien, à s'esclaffer, dans ces ruelles de la
ville pourpre où il avait essayé de manger du
chien grillé par bravoure mais où il vomit
jusqu'à sa bile ; où il comprit la ténacité des préjugés qu'il trimbalait dans sa tête malgré son
désir profond de vivre comme ses hôtes, de
manger de la même façon qu'eux, d'ingurgiter
sa soupe, à la chinoise, avec des bruits de gorge

que Lol et Lil auraient trouvé indécents. Il se promit de faire mieux la prochaine fois, mais ne recommença jamais l'expérience, jusqu'à ce qu'il partît, plusieurs mois plus tard, pour Hanoi, par le train.

Un train en bois dans lequel il voyagea pendant six jours et dont il garda un souvenir merveilleux, malgré la chaleur moite, la dureté du banc sur lequel il dormait de temps en temps et les applaudissements qui éclataient brusquement chaque fois que l'un des voyageurs tuait une mouche. Il sortait, alors, de sa somnolence, goguenard, étonné mais admiratif, se mettant à applaudir à son tour. Il était séduit par cette vie mobile qui se déroulait dans le train où les gens vaquaient à leurs affaires comme s'ils étaient chez eux, dans leurs propres maisons immobiles ; alors que là tout bringuebalait, bougeait, s'agitait dans l'éternel et effroyable bruit des roues de la locomotive traversant ainsi des campagnes, escaladant des collines, passant sous des tunnels longs de dizaines de kilomètres et s'arrêtant à chaque ville, à chaque village, laissant partir ou laissant monter des centaines de voyageurs munis d'un nombre incroyable de bagages, de cages à poules, à canards, à lapins, à chiens, de braseros rougeoyants, de théières gigantesques, de victuailles suspendues autour du cou ou en bandoulière : légumes, fruits, galettes, canards laqués, etc. Le tout dans une ambiance bon enfant, voire pleine d'enthousiasme, de discussions bruyantes où s'interpénétraient plusieurs langues et plusieurs dialectes, s'enchevêtraient les pleurs de marmots joufflus (presque les sosies de ce bébé dont Ali avait envoyé la photographie prise certainement dans le métro de Paris et vantant une marque d'un produit quelconque. Laquelle, déjà ? « Lotus » ! aux yeux bridés, au teint rose, lui rappelant, donc, cette photographie qu'avait envoyée Ali à Lol, de Paris. Ali parti à la poursuite d'Ali Bis fuyant avec l'argent de la vente des quatre chevaux arabes dont une jument exceptionnelle et prénommée Fascination I, en compagnie de Mol ; toujours en fuite depuis maintenant plus de vingt ans. Avec Ali sur ses traces mais n'arrivant jamais à le rattraper.

Carte postale ou photographie envoyée par Ali, comme une provocation ou un geste de tendresse et qu'il avait dû prendre dans le métro où se dressent les affiches publicitaires tapissant les murs d'une façon systématique, selon les explications de Lol lorsqu'elle vint le voir à l'hôpital de Moscou. Lam s'empressa tout de suite de voir là une façon détournée pour Ali de rappeler à Lol qu'elle devrait se marier et avoir au moins un enfant aussi dodu, aussi beau et

aussi exubérant. Cela intéressait d'autant plus
Lam qu'il pensait à cette époque qu'il était lui-
même impuissant, à l'instar d'Ila. Il avait même
voulu se confier à Lol à ce sujet lorsqu'elle lui
avoua à Moscou son désir longtemps refoulé de
devenir un jockey. Mais il y renonça parce que,
au fond de lui-même, il était heureux de ne pas
pouvoir avoir d'enfant parce qu'il trouvait qu'il
y en avait trop, à souffrir des famines, des
épidémies, des travaux pénibles, des mauvais
traitements, et des exactions des adultes. Incons-
ciemment, il imitait ainsi Ila pour qui il
n'avait pas de l'amour, mais plus encore,
une sorte d'attendrissement mêlé d'une sorte
de reproche, de rancune peut-être, parce qu'il
lui en voulait d'être si ambigu au sujet de ses
origines escamotées.

La photographie, envoyée par Ali, représentait, donc, un gros bébé assis sur un pot de
chambre en train de jouer avec le papier hygiénique déroulé sur toute la longueur de la pièce,
recouverte elle-même d'un tapis aux motifs très
peu apparents, presque abstraits, aux tons bleus
et gris. Le bébé joufflu a la peau comme badi-
geonnée de rose, les cheveux blonds et bouclés,
les yeux bleu pastel. Il a le sourire polisson et les
menottes dodues. Il porte un tricot blanc rayé
de bleu qui s'arrête au niveau des fesses rebon-

Fascination

dies, pleines et charnues, débordant le pot sur
lequel il est assis, avec ses formes aérodyna-
miques et ses couleurs (blanc-crème et rose-
passé) plutôt douces. Le rouleau de papier rose
rappelle inévitablement la peau du bébé et son
exubérance, comme pour faire oublier le côté
scatologique que suggère ce genre de produit.
Le bébé lui-même, magnifique, rieur et joyeux,
éponge tout de suite la gêne que pourraient
éprouver les passants en voyant s'étaler ainsi, au
vu et au su de tout le monde, leur intimité la
plus repoussante et la plus honteuse.

Le bébé, tout en rappelant à Lam que lui
n'en aurait jamais puisqu'il était persuadé d'être
stérile à jamais parce que, encore enfant, il avait
contracté les oreillons qui lui avaient gonflé la
gorge et avaient rendu ses testicules terriblement douloureux. Soigné par le Dr Bloch, ami
d'Ila et médecin dévoué de la famille, il désenfla
au bout de quelques semaines de soins et de
régime sans sel. Le Dr Bloch vint l'ausculter
pour s'assurer de sa guérison et lui demanda s'il
avait toujours mal. Lam lui affirma que non. Le
Dr Bloch lui tira, brusquement et par surprise,
sur les testicules, mais Lam, malgré la douleur
insoutenable, ne pipa mot. Il faillit hurler et
pleurer, mais tint bon. Le Dr Bloch lui dit :
« Attention Lam, si tu me mens, tu risques de

ne pas pouvoir avoir d'enfant quand tu seras grand!» Lam s'entêta à nier la douleur et accepta cette stérilité dont les hommes parlaient à voix basse, quand ils voulaient dire du mal d'Ila : « Ton père n'est même pas un homme! C'est pourquoi il préfère les juments!», avait lancé l'un d'entre eux, à la face de Lam. Il n'en eut cure parce que, déjà, il considérait la stérilité comme un signe distinctif de noblesse, quelque chose d'élégant et de racé qui n'est pas donné à tout le monde, un privilège si rare dans un monde grouillant et surpeuplé... L'enfant, donc, manie avec beaucoup de grâce et de dextérité un rouleau de papier hygiénique, tout en souriant, heureux, oubliant complètement sa tâche ingrate et peu agréable, faisant serpenter le rouleau de papier (LOTUS EST DOUX COMME LA PEAU DE BEBE. LOTUS : UN DETAIL DE SAVOIR-VIVRE!) devenu un jouet entre les mains du bébé. D'autant plus que le mot « Lotus » rappelle aux usagers du métro qu'il existe un ailleurs idyllique et que cette plante est supposée être un aphrodisiaque puissant (qui aurait peut-être pu sauver Ila de la stérilité et l'en guérir?).

Une quinzaine d'années plus tard, Lam verra la même affiche en débarquant pour la première fois à Paris. Il verra aussi le complément de cette affiche vantant le charme d'une île tunisienne (JUSTE LE TEMPS DU VOYAGE, ET VOUS

Fascination

OUBLIEZ TOUT, LA FOULE, VOS SOUCIS... VOUS REDE-
COUVREZ NON SEULEMENT LE BLEU DE LA MER, LA
DOUCEUR DU SABLE, MAIS AUSSI DE L'ESPACE, LA
LIBERTE, L'INSOUCIANCE... FAITES COMME ULYSSE!
DEBARQUEZ SUR L'ILE DES LOTOPHAGES : DJERBA!)
où, selon Homère, Ulysse avait débarqué avec
ses compagnons : « *Les Lotophages servirent du
lotus aux compagnons d'Ulysse qui en oublièrent
leurs soucis et leurs mésaventures.* »

Ali envoya donc cette photographie représentant une publicité pour papier hygiénique à Lol
sans qu'Ila en sût rien. Lol ne montra cette
carte qu'à Lil. Mais les deux femmes ne surent
pas très bien s'il s'agissait d'une provocation de
la part d'Ali disparu depuis si longtemps ou
d'un geste de tendresse désespéré. Ou encore un
clin d'œil douteux, voire raciste sur les mœurs
quelque peu scatologiques (Ali n'arrivait pas à
s'habituer à la saleté des trottoirs jonchés
d'excréments de chiens!) des Parisiens. Ou
enfin une dernière tentative pour adjurer Lol de
se marier, faire une ribambelle d'enfants et
rompre avec Loly (l'amante française). Toujours
est-il que ni Lil ni Lol n'avaient osé la montrer
à Ila pour ne pas qu'il perdît patience et se
fâchât pour de bon, alors que jusque-là il avait
considéré la fuite d'Ali et d'Ali Bis d'une façon
très sereine, le laissant, certes, perplexe, ne cessant de répéter à ce sujet : « Ça ne lui ressemble

pas à Ali de se comporter de la sorte... Ça ne lui ressemble pas du tout... Qu'est-ce qui s'est donc passé? Peut-être qu'il a été volé... Peut-être qu'il a été assassiné... Mais la police est formelle. Il n'y a pas eu de crime à Bône, pendant cette période... » Ila donc, perplexe et plutôt amusé, certains jours, inquiet du sort d'Ali, certains autres, mais faisant toujours semblant d'avoir enterré cette affaire, n'en parlant presque jamais, sinon pour plaisanter et dire : « Va savoir s'il n'est pas en Chine, avec Lam, en train de se promener à Pékin, tranquillement. Qui sait? Le prophète n'a-t-il pas dit qu'il faut chercher le savoir et la science, jusqu'en Chine... C'est peut-être ce qu'il a voulu faire Ali! Je lui ai trop parlé de Marco Polo et de l'éblouissement qu'il éprouva en découvrant la Chine... C'est ma faute, cette fuite d'Ali! »

Lam n'avait en fait jamais connu Ali et Ali Bis, mais Lol lui en avait tellement parlé qu'il avait l'impression de les connaître. En effet, il n'était pas encore né lorsque Ali quitta le port de Bône et s'embarqua à Marseille, à la poursuite d'Ali Bis. A Pékin, Lam constata aussi que ses souvenirs du pays natal s'étaient brouillés. Comme s'étaient brouillés les souvenirs de Constantine et de Bône qu'il ne parvenait plus à visualiser distinctement. Il avait l'impression que ces deux villes avaient été recouvertes d'une chape qui en faussait les repères. Il pressentait – alors – très confusément que c'était sa manière à lui d'effacer l'inceste et de s'absoudre définitivement de cette faute qui pourrissait sa vie.

Tout était flou sauf le souvenir agréable des nuits passées avec Lol, dans sa chambre à Constantine, bien avant la nuit fatale. La dernière avant son départ pour le maquis où il avait consommé l'inceste jusqu'au bout et où Lol perdit sa virginité. C'était bien avant qu'elle ne le retrouvât dans cet hôpital de Moscou. Mais le souvenir était toujours là. Lancinant. A la fois agréable et effrayant. Il n'arrivait pas, non plus, à oublier cette nuit où il désira Lol, pour la première fois, alors qu'il était encore enfant. Lol était venue se réfugier dans son lit, comme chaque fois qu'elle avait une crise d'angoisse ou qu'elle n'arrivait pas à trouver le sommeil. Lam lui toucha le sexe, par inadvertance, alors qu'il dormait profondément et ne s'était pas rendu compte que Lol était dans son lit.

Il se réveilla en sursaut, comme paniqué, parce qu'il avait la main gauche trempée. Il crut d'abord qu'il s'était blessé à la main, mais très vite, il réalisa que Lol, à son contact, venait d'avoir un orgasme incroyablement violent (il n'avait alors que neuf ans et ne comprit de quoi il retournait que beaucoup plus tard) qui avait inondé ses cuisses, son pyjama, ses draps et sa main gauche. Il fut pris d'une sorte de panique. Sa chambre, à l'époque, était spacieuse et ouverte sur le jardin. Il s'endormait chaque soir avec l'impression qu'il était sur un des bateaux des grands voyageurs, des grands géographes du Moyen Age et des grands découvreurs de continents qu'Ila ne cessait pas de lire et de relire, tels Marco Polo, Vasco de Gama, Ibn Batouta ou Ibn Khaldoun. Il avait fini par attraper cette passion des voyageurs qu'Ila n'avait jamais cessé de lui inculquer! Ceux-là mêmes qui avaient propagé la fièvre de l'errance dans l'esprit d'Ila, celle qui avait gagné Ali et Ali Bis, et jusqu'à lui-même qui ne cessait d'arpenter le monde depuis qu'il avait quitté Moscou où...

Ce brouillage provisoire du pays natal ne cessait pas d'angoisser Lam, assailli par ces flashes-back confus qui flottaient à la surface de sa conscience. Il était laminé par les semaines passées dans le coma et par les mois passés à l'hôpital à endurer les pires souffrances. Mais il avait des retours de mémoire, comme on dit des retours de manivelle, répétitifs, vivaces et clairvoyants qui l'assaillaient dans ce train en bois

151

Fascination

entre Pékin et Hanoï au cours d'un voyage de
six jours et six nuits. Il lui arrivait, alors, de
penser que ses souvenirs étaient dus à une sorte
de paramnésie et qu'il n'avait jamais quitté
Constantine où il continuait à monter Fascination II, tous les matins.

VI

HANOI

Hanoi, donc, où Lam arriva sous les bombardements américains, et Nguyen, le portier de l'hôtel devenu très vite son ami, s'occupant de lui, l'avertissant à chaque alerte, lui apprenant quelques mots de vietnamien, lui apportant un plateau chargé de bananes, de mangues, de goyaves, de tomates vertes et d'autres fruits tropicaux et donc exotiques, le faisant rire aux éclats, d'une façon muette, avec des gestes et des mimiques, lui apprenant l'insouciance alors que la ville était bombardée jour et nuit, l'invitant dans sa famille à manger cette cuisine vietnamienne à laquelle il n'était pas habitué mais aussi épicée que celle de Lil, de Lol ou de sa grand-mère restée au village et que personne n'aimait dans la famille, mais dont les dons culinaires faisaient l'unanimité. Hanoi (*ville* *située sur le delta du Tonkin, fondée par les Chinois au IIIe siècle après J.C. Fortifiée au IXe siècle, elle a changé de nom plusieurs fois : Tong Binh, puis Daïlathan ; Thong Long, enfin capitale du Tonkin chinois ou Royaume d'Annam entre 900 et 1010 ; elle fut prise par Francis Garnier en 1873, puis par Jean Rivière en 1882. En 1887, elle devient le siège du Gouvernement général de l'Indochine française. Le 19 décembre 1946, Ho-Chi-Minh, à la tête du Parti communiste vietnamien, déclenche une guerre de Libération contre la France, puissance occupante.*

Neuf ans après, les accords de Genève accordent l'indépendance au Vietnam, le 17 octobre 1954. A partir de 1960, les USA commencent une guerre massive contre le pays et, à partir de l'été 1965, la ville est massivement bombardée, jusqu'en septembre 1973, date de la chute de Saigon qui amena les Américains à signer le cessez-le-feu. En juillet 1976, Hanoi devient la capitale du Vietnam réunifié.) où il devint enfin adulte mais refusa de se séparer de son patrimoine, accumulé pendant l'enfance et l'adolescence, devenu pour lui un repère capable de l'aider à reconstituer le passé démantelé par tant d'années d'exil et par tant de mois passés dans le maquis, véritable enfer où il avait appris ce que le mot « peur » pouvait contenir de sensations. Maintenant, Lam se retrouvait dans cette ville bombardée quotidiennement mais où régnait – paradoxalement – un calme surprenant, avec ce monde grouillant, presque placide, ces jeunes filles superbes, à la démarche de déesses, ou bien nues, se baignant dans le Sông kôi, ou encore circulant sur des cyclomoteurs pétaradant dans une ambiance étrange mêlée de sensualité, de peur et de panique.

Hanoi avec ses rues où les chapeaux coniques sont tellement larges qu'on croirait qu'ils bougent tout seuls, sans personne dessous; ses paysannes frivoles et jacassantes déversant sur les marchés ouverts et en plein air des tonnes de légumes que Lam n'avait jamais vus auparavant. Il était fasciné par cette nonchalance, cette suractivité débordante, cette structure urbaine à la fois dense et spacieuse qui attisait son sentiment de l'errance interminable le menant de pays en pays. A l'image d'Ali parti à la poursuite d'Ali Bis toujours introuvable; se retrouvant engagé dans la Seconde Guerre mondiale; traversant la débâcle française; s'évadant d'Allemagne; rejoignant un maquis dans la région parisienne, libérant en juin 1944 la mairie des Lilas occupée par l'armée allemande, à la tête de ses hommes, des Nord-Africains, pour la plupart, accompagnés de quelques Africains et de rares Vietnamiens qu'il combattra dès 1946 lorsqu'il ira s'embourber dans le delta du

Mékong, pour être fait prisonnier puis très vite libéré et partir dans un maquis algérien, après avoir passé quelques jours dans cette même ville de Hanoi où Lam séjournera plusieurs mois, après être passé de ville en ville à travers cette Asie tant rêvée grâce aux descriptions d'Ila, qui, chaque fois qu'il revenait de Mongolie avec son chargement de chevaux impétueux et véloces, rétifs et coriaces, narrait ses voyages dans cette contrée fabuleuse d'une telle façon et avec un tel talent qu'il (Lam) en restait tout rêveur. Rêvée aussi – cette Asie – à travers ses lectures joyciennes dont la passion avait été inculquée à Lol par Ali Bis, qui s'était empressé très vite de le contaminer à son tour à force de lui lire des extraits de *Ulysse*.

Hanoi, donc, où Lam, en dehors de ses activités de propagandiste timide et maladroit, essayait d'y voir plus clair dans toute cette histoire humaine à travers ses indications, ses signes, ses dates, ses atrocités, ses génocides, ses découvertes, ses conquêtes (Ila considérait que les conquêtes musulmanes étaient de type colonial. Ce qui choquait ses amis algériens et nationalistes, parmi lesquels Me Lévy et Me Cohen), etc. tous focalisés (ces éléments de l'histoire) sur quelques personnalités marquantes et essentielles, alors que le reste de

l'humanité, la masse uniforme, taciturne, revêche et passive, faisait semblant de ne pas être
concerné par la prodigieuse diversité et la
contradiction du monde fabuleuse et fascinante
qu'Ila ne cessait d'évoquer. En effet, il alla
jusqu'à appeler l'une de ses filles adoptives
Fascination, puis sa jument préférée (qu'il
n'accepta jamais de vendre malgré les offres
faramineuses qui lui étaient faites) Fascination II
et dont il fera cadeau à Lam pour ses dix ans.
Peut-être était-ce aussi pour exorciser le mauvais sort qui avait amené Ali et Ali Bis à lui
voler l'argent qu'avait rapporté la vente de
Fascination I et de trois autres juments ou
étalons de grande valeur.

Continuant (les gens) à rôder autour de l'histoire, à tourner en rond autour de ces centres de
gravitation vitaux, des axes essentiels, des pôles
attractifs, des choses de la vie, des événements
politiques, des catastrophes naturelles, des
déclarations de guerre et d'autres choses dont
l'importance leur échappait complètement, bien
qu'elles soient une chaîne causale bourrée de
détails, d'éléments presque oblitérés par la
mémoire, la lâcheté, la lassitude, le scepticisme
ou le côté désabusé de ces foules, alors qu'en
fait la mémoire a la capacité de les remplacer
par d'autres données, certes secondaires et faus-
sées, parfois (les dates surtout qui se mêlaient

dans la tête de Lam!) même si une telle appréhension n'était que le résultat d'une sorte d'épandage de ses fantasmes vieillots – déjà! – et comme tombés en poussière, poudreux, poreux et dont les grains s'incrustaient dans chaque neurone et chaque cellule de son cerveau et de son corps, ne cessant pas de fonctionner et de tourner – parfois – à vide, telle une mécanique humaine mais dérisoire plaquée sur une vision trop sensible, pitoyable et pathétique; ce qui a pour effet de les grossir (les fantasmes) ou de les atténuer, de les dédoubler ou de les hachurer, selon un rythme obsédant et apocalyptique, capable d'écrabouiller sa tête, de l'enserrer dans un étau douloureux, de la mettre en bouillie, grâce à l'injection ou à l'infiltration d'éclairs innombrables, sorte de spots lumineux, répétitifs et ininterrompus, bleuâtres et brillants, blanchâtres et pâles; à tel point que ces obsessions, ces souvenirs, ces fabulations, ces arrangements du réel, ces maquillages de la réalité et ces mythomanies étaient capables de disparaître – de temps à autre – dans un déluge de petits points minuscules dont l'air était bourré, ou de petites pastilles microscopiques de couleurs rouge et verte qui imprégnaient le jardin de cet hôtel hanoien (Le Continental), vétuste et de style colonial, quelque peu désuet, hors du temps, exotique en diable; avec ces fleurs, ces feuilles et ces branches de flamboyants prodigieux, de bougainvillées dont le rouge, le violet et le safran tournaient la tête de Lam, ébloui! Feuilles, donc, furtives et fragiles, sorte de cruel et joyeux papillonnement froissé, fripé et organisé autour des triangles, des losanges, des trapèzes, des carrés, des cercles, etc.

Lam découvrait cet Extrême-Orient dont il avait tant rêvé, autant à travers le personnage joycien de Bloom écrasé par ses rêves asiatiques et les formes rebondies de Molly que par les récits fabuleux faits par Ila à son retour de ce continent et par les lectures des livres de Marco Polo, d'Ibn Batouta et d'autres voyageurs encore et dont il connaissait certains passages par cœur. Il était fasciné par cette végétation délirante, surtout lorsque l'aube asiatique arrive brusquement et que, réveillé en sursaut, il est pris par ses doutes, ses remords et l'énigme concernant sa véritable identité. Il ignorait le lieu exact de sa naissance : dans quelle ville? dans quel village? dans quel pays? Ila n'avait jamais répondu clairement à cette interrogation obsédante. Même Lol se taisait à ce sujet, rétorquant, pour dissiper la lourde atmosphère qui régnait dans ces moments de grande tension : « Tu n'es pas né à Tombouctou! Ça je peux te l'affirmer... Et puis qu'est-ce que ça peut te faire

de savoir où tu es né exactement... ? C'est original au moins cette identité flottante, ce prénom-
surnom si doux et si tendre... T'es toujours là à
te plaindre, à geindre... Tu n'as qu'à t'en tenir à
ta carte d'identité officielle... Le reste! » Puis
elle éclatait de rire, s'échappait pour aller fumer
dans le jardin.

Lam ressentait une sorte d'inclination vers
la vie qui l'obligeait à rester éveillé. Il ne voulait
pas laisser son existence être happée, ventousée
par les symboles, les fantômes, les spectres,
les chuchotis et les fantasmes d'une ville qu'il
croyait obscure, pleine de malentendus. Le long
séjour asiatique de Lam qui parasitait ses souvenirs constantinois n'avait pas vraiment effacé
les choses essentielles. (Mais il n'avait jamais
oublié ces manchettes de la première page de *la
Dépêche de Constantine* datée du 20 août 1955,
et qu'il avait fini par apprendre par cœur, tellement elle résumait pour lui l'abjection coloniale
et la dérision des choses les plus pathétiques et
les plus cruelles : JE N'AI PAS TUE MADAME PERRON!
S'ECRIE SYLVIE PAUL. LA VAGUE TERRORISTE DEFERLE
SUR L'ALGERIE. L'INVITEE DE LA REINE D'ANGLETERRE :
GINA LOLLOBRIGIDA. Cette page de journal dont
les trois manchettes, à la fois rocambolesques et
cyniques, sans aucun rapport cohérent entre
elles l'avait choqué pour plusieurs années. Il
n'avait pas non plus oublié les facéties d'un de

ses amis, un cancre surdoué et prénommé Kamel qui lui avait juré tous ses dieux qu'il avait fait l'amour avec la femme du Gouverneur général français en Algérie, à l'époque de la guerre, dans le bureau même du proviseur du lycée Duverrier de Constantine. L'épouse du Gouverneur, nymphomane réputée, était venue dans ce lycée pour distribuer les prix de fin d'année et avait séduit Kamel qui était très beau garçon.

Lam ne voulut pas croire une telle sornette. Kamel, insistant, répéta : « Et comment que je l'ai niquée ta salope de gouverneuse... Et comment que j'ai été héroïque! c'est la guerre fiston... Je me suis sacrifié... Il faut voir... Toutes ces chairs flasques, cette grosse chatte puante... Mais le devoir Lam... Le devoir... Et comment que je l'ai niquée... » Lam : « Tu racontes n'importe quoi... T'as pas besoin de raconter des salades tu es trop beau Kamel et tu tombes toutes les filles... Alors...? Et je sais que tu es un vrai patriote... Pourquoi tu te vantes comme ça... Je te crois pas! cette histoire de gouverneuse comme tu dis... Ah non! Trop gros... »

Lam n'avait jamais oublié les fugues de Lol, ses déguisements scabreux et excentriques, son langage ordurier. Lol toujours iconoclaste, toujours en quête d'aventures insolites et abracadabrantes. Parfois elle l'y entraînait. Il n'avait pas encore dix ans, quand il l'accompagna pour la première fois à Bône. Elle s'était déguisée, comme c'était souvent le cas, en homme, et avait loué une calèche sur le cours Bertania. Après plusieurs tentatives infructueuses, elle finit par arriver à ses fins et à forcer l'accord d'une jeune Algérienne ou bien d'une jeune Européenne qui en devint très vite amoureuse ; c'est-à-dire dès qu'elle se rendit compte de l'incroyable supercherie. Elle resta surprise et admirative devant tant de culot et d'audace et Lol sut profiter de l'aubaine. Elle l'emmena dans un des hôtels les plus huppés ou chez certaines de ses complices aussi effrontées, iconoclastes et têtes brûlées qu'elle. Il ne s'en souvenait plus exactement. Mais en réalité, Lam ne le sut que beaucoup plus tard, les conquêtes de Lol ne voulaient à aucun prix perdre leur virginité (cette même virginité que Lol ne perdit qu'avec lui, la veille de son départ au maquis comme une offrande païenne et quelque part incestueuse, malgré ses dénégations et ses protestations, ou simplement dans un moment de panique à la veille de ce désastre calculé qu'avait été l'adhésion de Lam à la résistance. Plus tard, après son retour en Algérie, elle lui avoua ceci : « C'est parce que tu es le seul homme qui le mérite, encore que ! qu'est-ce qu'un putain d'hymen, une simple peau sur laquelle les hommes ont construit leur fausse virilité? Mais si je l'ai fait c'est parce que c'est moi qui t'ai élevé en dehors de toutes ces simagrées masculines et à l'intérieur d'une sorte de féminité originelle qui a fini par déteindre sur toi... Je te trouve un peu efféminé et ça te va bien et j'aime bien ça chez toi!... Et puis c'est quoi un inceste? Tu veux me dire, c'est un tabou... Et c'est quoi ce mot? Il est d'origine primitive! Alors, merci!») à laquelle elles tenaient beaucoup, non seulement parce qu'elles en avaient besoin pour leur mariage, mais parce qu'elles considéraient ces amours saphiques comme de simples jeux espiègles, des escapades sans importance, ou plutôt des sortes de complicités entre femmes capables seules de comprendre le fonctionnement des femmes et capables d'écouter des confessions intimes sur ces choses de femmes auxquelles les hommes ne comprennent jamais rien.

Les excentricités de Lol dont le sens restait métaphorique ou elliptique pour Lam, certains jours, et carrément énigmatique, voire ésotérique, d'autres jours, décuplaient, encore aujourd'hui, l'émotion provoquée par les événements, les accidents, les intuitions ou les léthargies humaines. Il n'arrivait jamais à en comprendre les significations profondes, à en appréhender les conséquences métaphysiques;

surtout que Lol était toujours là, constamment
sur le qui-vive, en état d'alerte, jamais à bout
d'arguments ; neurasthénique, certes, et cyclothymique, mais avec cette fébrilité contagieuse,
doublée d'une véritable passion du monde et
des gens, qui subjuguait Lam, même s'il avait
l'impression d'être fatalement et à jamais souillé
par l'inceste commis avec la complicité de Lol
et qui allait encore compliquer son rapport à
lui-même, avec cette identité branlante où ni
son lieu et sa date de naissance ni son prénom
n'étaient authentiques.

La nuit devenait de plus en plus sombre, de
plus en plus voluptueuse dans cet hôtel de
Hanoi (l'Hôtel Continental ?) Le passé se fêlait,
se lézardait à l'image d'une des vieilles branches
qui quelques semaines auparavant était exubé-
rante, capable de griffer les vitres de la fenêtre
de sa chambre d'hôtel d'où il avait une vue
splendide sur le jardin... Un oiseau arriva de
loin, battant des ailes, enivré par sa liberté.
C'était l'heure douloureuse où Lam repartait à
la poursuite de ses fantômes. Il appelait cela
l'heure safran. Safran couleur des robes des
bonzes vietnamiens égayant la foule, généralement habillée de blanc immaculé ou de noir
très foncé.

A l'hôtel de style colonial et doté de ventila-
teurs aux ailes gigantesques et vert pâle, un jour

d'août torride et moite, quand le coucher du soleil plaque sur les murs cette couleur si particulière, Lam avait rendez-vous avec May, une jeune Vietnamienne espiègle dont il avait fait la connaissance sur une plage du Song kôi. Elle avait tout fait pour le séduire avec ses mimiques très osées, ses gestes coquins et aguichants et surtout cette exubérance et ces éclats de rire qui l'avaient ravi. Mais quand elle arriva dans la chambre où Lam l'attendait avec anxiété, elle eut un petit rire nerveux, étouffé comme si elle avait peur, elle aussi, de ce qui allait se passer entre eux, avec ce désir poisseux qui les brûlait tous les deux (Etait-ce l'époque de la *mousson* ? « un mot arabe voulant dire saison » aurait dit Lol férue de telles trouvailles). La jeune fille réagit plus vite que lui en se calmant et en prenant les choses en main. Elle lui sourit avec tendresse mais il savait que la peur s'était installée au plus profond de son jeune corps et que le doute la submergeait viscéralement.

Mais c'était lui qui avait le plus peur parce que depuis cette nuit avec Lol il se sentait mal à l'aise et sa sexualité était plutôt déplorable. Il avait peu de désir et avait fini, à l'époque de son hospitalisation à Moscou, par lasser Olga qui s'en était éloignée après l'avoir beaucoup aimé et sauvé de l'amputation. L'idée de l'inceste s'était donc introduite irrémédiablement dans son esprit, et son corps ne suivait plus. Son désir était mou. Plus fantasmé que réel. Maintenant la peur tétanisait ses muscles. Ils étaient tous les deux en sueur. May ne riait plus à grands éclats comme à leur première rencontre sur les berges du Song. Lam voyait bien que les pupilles de ses superbes yeux en amande s'étaient dilatées et que les traits de son visage s'étaient comme immobilisés, congelés, plombés, à l'exception de ses beaux yeux affolés, quelque peu abasourdis. Elle lui prit la main avec douceur. Le fit s'étendre sur le lit. Le monta maladroitement. Le guida vers son propre sexe. Se mit à le secouer avec une violence inouïe dans un va-et-vient infernal. Elle déferlait sur lui comme un typhon qui ravage tout sur son passage comme si elle voulait à travers toute cette agitation et toute cette surexcitation rétrécir la portion de peur qui s'était infiltrée puis agglomérée dans son corps. La contagion s'était donc propagée jusqu'à elle!

Il l'avait contaminée! Elle déversa dans sa bouche sa salive que la peur avait quelque peu acidifiée au point qu'il en avait la langue toute gercée, les dents comme acidulées et les gencives comme corrodées. Ce goût lui rappela celui des feuilles du mûrier que lui et ses amis s'efforçaient jadis de manger chaque fois qu'ils s'installaient au sommet de l'arbre centenaire;

tandis qu'en bas la vieille servante irascible et centenaire (celle-là même qui se moquait de la stérilité d'Ila) ne cessait de tempêter contre eux et de rentrer dans des colères mémorables mais inefficaces. Elle n'obtenait jamais aucun résultat lorsqu'ils étaient hors de sa portée, inatteignables. Elle leur paraissait alors, d'en haut, sous un certain angle, comme un être démoniaque, le visage cabossé, le corps déformé, surtout lorsque le soleil descendait vers l'horizon...

La bouche de Lam s'était donc remplie de la salive de May, alors qu'elle ne cessait pas de l'embrasser, de lui tanner la peau à force de caresses brutales et répétées. Il eut l'impression que son corps était recouvert d'une rosée glacée, alors qu'il s'agitait comme un possédé sous l'effet de ses ongles qui montaient et descendaient le long de la colonne vertébrale... May opérait, les yeux clos, la bouche pleine de mots vietnamiens et donc incompréhensibles pour lui, se déversant de manière ininterrompue. Sa voix se répercutait jusque dans les moindres recoins de la pièce. Elle lui mordit les lèvres jusqu'au sang. Il sentit la tiédeur du liquide et son goût saumâtre. Il pensa à Lol, à ses eaux féminines, au sang qu'elle avait perdu, le jour où elle s'était donnée à lui. Son sexe déjà mou se résorba complètement en lui-même. Rien!

May voulut dire quelque chose, mais n'y arriva pas puisqu'elle ne parlait que vietnamien. Son discours se disloqua sous l'effet du silence gêné. En fait Lam ne ressentait rien du tout. Il faisait semblant. Il ne pensait qu'à Lol et à Fascination II. A ce moment, les souvenirs du pays natal l'écrasaient de leur poids. Il laissait faire. Il faisait exprès de prolonger son mutisme et de l'étoffer. Les hanches larges, la taille élancée, la poitrine petite et ferme, les yeux grands ouverts, May tenta de le prendre en tenaille. En vain !

Elle dit : « Je t'aime », en vietnamien. Il y avait dans sa voix tout le libertinage et toute la sensualité du monde, bien qu'elle eût compris maintenant que Lam était tout à fait impuissant. Elle répéta avec ferveur mais sans aucun désespoir : « *Em yêû auh... Em yêû auh* ! : je t'aime » (*Les mœurs des habitants de l'Asie sont très étranges. Au cours de mon voyage en Asie, je me suis rendu compte que les hommes de cette contrée (Paluyati) ne connaissent pas la jalousie et la filiation des enfants se fait par la mère et non par le père. J'ai remarqué, aussi, que chez ces gens de Paluyati, les femmes n'avaient aucune gêne, ni aucune pudeur vis-à-vis des hommes et qu'elles ne sont pas voilées, alors qu'elles sont musulmanes et respectent les cinq prières d'une façon scrupuleuse. Les femelles dans ce pays ont donc le droit d'avoir des amis, des camarades et des amants sans aucune restriction. Il arrive qu'un époux rentrant chez lui trouve sa femme en compagnie galante, et cela ne le gêne pas du tout, bien au contraire! Puisqu'il est tenu d'offrir l'hospitalité à l'amant de son épouse et de lui faire honneur.* IBN BATOUTA. *Les Voyages*). Soudain, les murs de la chambre tremblèrent et une partie du plafond s'effondra. Ils eurent juste le temps de comprendre que la ville était à nouveau bombardée par l'aviation américaine. Ils quittèrent précipitamment la chambre mais Lam eut le temps de remarquer une certaine placidité sur le visage de May, quelque peu dépitée par cette interruption brutale au moment où elle pensait faire l'amour avec lui. Comme si elle avait déjà oublié qu'il n'avait pas été capable de la satisfaire. Qu'il était impuissant.

Dehors, c'était comme un séisme qui avait dévasté tout le quartier du centre-ville où était situé l'hôtel. Tout n'était plus que gravats. Lam n'oublia jamais cette attaque aérienne et meurtrière dont il était sorti miraculeusement indemne et dont on avait parlé dans le monde entier. Il en avait gardé des photographies découpées dans les journaux vietnamiens, aujourd'hui tout jaunis et représentant des maisons délabrées, des édifices publics de guingois, des pagodes sans toit, des monuments effondrés, des habitants du quartier affolés, de vieilles femmes débraillées qui grattaient la terre avec des morceaux de fer rouillés sous le soleil accablant et dans la poussière qui recouvrait abondamment le sol. Lam n'avait jamais vu un tel spectacle. Ville de Hanoi, mise sens dessus dessous, avec des fissures et des lézardes presque émouvantes alors qu'alentour le fer était figé et que les arbres rabougris et calcinés par les bombes au phosphore avaient des torsions fantastiques et sculpturales, semblables à celle de la tôle et du zinc triturés, malaxés, dans un bouillonnement venu du centre de la terre. Il avait gardé ces photos jaunies par le soleil et par le temps, sur lesquelles on voyait de pauvres sinistrés qui restaient là, debout, tandis que leurs maisons étaient par terre. Et puis : des processions de rats qui dévoraient, au vu et au su de tout le monde, la charogne puante et criblée de vers blancs, rouges et verts. Gros rats aux oreilles roses et poilues, aux ventres blanc-de-lait et lisses, pires que les ventres de grenouilles froides, et plus nobles que ceux des nababs et autres mandarins bien nourris par la colonisation, avant l'indépendance de la partie Nord du pays ; avec les moustaches si blanches et si longues qu'elles leur arrivaient dans les yeux, s'y noyaient et gênaient la bête dans sa démarche. Le sol était humecté de moisissures vertes et grises qui se répandaient à travers la

pierre, la rocaille, le fer et l'acier. Elles provenaient sans doute des égouts explosés en mille
morceaux qui ajoutaient leur contenu nauséabond à l'atmosphère raréfiée, due à la putréfaction des cadavres étalés au soleil, face au ciel, les
yeux ouverts. Et puis : cette fillette fiévreuse
dans sa somnolence, exhibant dans sa folie deux
petits seins blancs, bien arrondis et pointus,
avec des bouts rose tendre comme une rougeur
vague due à quelque prurit qui aurait fait deux
taches sur sa poitrine veloutée. Il y avait aussi
cet incroyable baobab avec ses racines violacées
et noueuses fusant à travers le sol comme une
lave abondante et sur lequel des chauves-souris
froufroutaient à travers les branches calcinées,
filiformes, comme s'il ne s'agissait que d'une
sculpture de Giacometti, posée là, par hasard.

Et puis il y avait aussi des cohortes de scorpions et de reptiles qui piquaient mortellement
les rescapés. Le sol était jonché de verre pilé qui
criblait les mains des sinistrés qui continuaient
à gratter la terre avec des instruments hétéroclites qu'ils connaissent trop bien et depuis
très longtemps parce qu'ils sont constamment
menacés par les tremblements de terre, les
sécheresses, les typhons et toutes les calamités
qui peuvent s'abattre sur des paysans misérables
ou des citadins paisibles et très pauvres.

Odeurs pestilentielles traversées d'effluves de
levure rancie, de thé bouilli, de fruits écrabouil-

lés, de menthe pulvérisée et de fleurs fanées
par le souffle brûlant des bombes larguées par
des avions américains aux noms tragiquement
évocateurs : Apaches, Tomahawks, Jeronimo...
Impression de vertiges. Anonnements de mots
muets ou étranglés dans la gorge qui retombaient dans le crâne de Lam à la manière de flo-
cons de neige. Il ne cessa, pendant tout ce
temps, d'observer May qui gardait toujours son
calme en essayant d'aider les secouristes à éva-
cuer les cadavres, les blessés, les mutilés. Four-
millements ondulatoires. Nausées doucereuses.
Fibrilles. Traces. Fêlures. Coupoles. Pagodes.
Structures géométriques. Horizon gondolé par
la chaleur, la poussière et les émanations de
soufre.

Bouts de phrases qu'il n'arrive pas à articuler,
tout hébété par ce spectacle effroyable. Résidus
et magmas de matériaux comme effrités par la
calcination. Solidifications alcalines. Nodosités
violettes. Vomissures nauséeuses. Fermenta-
tions vineuses. Cercles concentriques (vertige ?).
Enchevêtrements stratifiés... L'apocalypse quoi !
May, toujours calme. Imperturbable. Indomptable. Désirable, même. Peut-être... Qui disait :
« Tu vas maintenant pouvoir le faire... N'est-ce
pas ? » et Lam disant : « *Anh yêû Em, May !* »,
fasciné surtout par cette linguistique vietna-

mienne qui utilise les mêmes mots mais dans un ordre inversé pour dire « je t'aime » selon que le locuteur est une femme (*Em yeù Anh*) ou un homme (*Anh yeù Em*).

Lam lisant, aussi, quelques jours plus tard cette manchette, à la une de tous les journaux vietnamiens :

NGUYEN VAN TROI EXECUTE CE MATIN DANS UNE PRISON DE SAIGON.

VII

BARCELONE

Il quitta l'Asie envahi par un chagrin dont il ne se croyait pas capable avec comme maigre consolation quelques rudiments de chinois et de vietnamien mais la tête pleine de souvenirs. Il laissait May derrière lui. Le jour de son départ, elle était habillée tout en blanc. Elle était en larmes. Lam avait l'esprit taraudé par le remords d'abandonner Hanoi au moment où la guerre devenait terrifiante. Tout cela pour se retrouver, non pas à Constantine, non pas à Alger, mais à Barcelone, le fief d'Ila et de M. Baltayan qui y possédaient un bureau et y séjournaient fréquemment. Mais il n'essaya jamais de les croiser ou de les rencontrer parce que les consignes étaient strictes et que la résistance ne l'envoyait pas dans cette ville pour des raisons touristiques mais pour une mission déli-

cate qui consistait à acheter des armes clandes-
tinement et à les envoyer en Algérie en les
faisant passer par le Maroc. Barcelone (*Ville du
Nord-Est de l'Espagne et capitale de la Catalogne.
Ancienne bourgade ibère et ancien comptoir pho-
céen, elle fut fondée réellement vers 237 avant
J.-C. par les Carthaginois sous le nom de Barcino
(du nom de la famille punique des Barça dont
étaient issus Hannibal et Amilcar. La ville fut
conquise par les Romains et devint une colonie
sous l'Empereur Auguste et ce jusqu'en 415. Elle
fut alors envahie par les Wisigoths jusqu'en 713
où elle a été envahie par les Arabes. L'occupation
arabo-musulmane de Barcelone dura près d'un
siècle jusqu'à ce qu'elle fût libérée en l'an 801, par
Louis le Pieux, l'un des fils de Charlemagne. Les
Français l'occupèrent à nouveau en 1714, sous la
conduite de Berwick, maréchal de France, et puis
sous Napoléon Ier de 1808 à 1814. En avril
1931, Antonio Marcia proclama la république de
Catalogne dont Barcelone sera la capitale éphé-
mère. Durant la guerre civile espagnole (1936-
1939), elle résista aux nationalistes dirigés par le
général Franco, et ce jusqu'au 26 janvier 1930.
En 1977, la ville devint la capitale de la
Catalogne vivant sous le régime d'une très
grande autonomie, avec un parlement et une
police*) dégringolant des hauteurs du Monjuich
jusqu'au port qui bouche les énormes Ramblas

où se situe le Barrio Chino, sorte de labyrinthe encaissé qui se tortille et tourne en rond avec ses échoppes, ses boutiques, ses gargotes, ses prostituées, ses mauvais garçons; où Lam allait séjourner une année entière et passer d'un hôtel lépreux à un hôtel de passe, vivant sous un faux nom, fréquentant les trafiquants de tout acabit; faisant là et pour la première fois l'apprentissage de la vie vraie, dure, impitoyable et dangereuse, regardant différemment les gens et les choses, apprenant l'espagnol et le catalan sur le tas, avec une facilité déconcertante et sans accent, parce qu'il devait passer coûte que coûte pour un Barcelonais natif de la ville.

Lam regardait les passants dans les ruelles étroites, sordides et nauséabondes du Barrio Chino, avec l'impression qu'il découvrait pour la première fois cette drôle d'humanité constituée de voyous pitoyables et malheureux. Le chagrin lui brouillait l'estomac et chaque matin il était en proie à la nausée. Il rêvait sans cesse de Constantine, d'Ila, de Lil, de Lol, d'Ali, d'Ali Bis, des chevaux, de Fascination II, sa jument préférée et admirée de tous pour sa beauté racée, sa robe d'un noir incroyable, sa vélocité qui donnait, lorsqu'elle courait, l'impression qu'elle n'était pas un cheval en plein effort, mais une sculpture ou plutôt le concept même de vitesse fondu dans quelque chose de minéral.

Fascination

C'était Lol qui, durant cette longue absence de Lam, était chargée de l'entretien de Fascination II, comme elle était la seule à l'entraîner. C'est, peut-être, à ce moment-là (ou beaucoup plus tôt?) qu'elle commença à vouloir devenir jockey. Mais elle avait dépassé la trentaine et Ila, malgré quelques hésitations, ne donna jamais son accord, se comportant comme à son habitude, ne disant jamais non, laissant faire la vie, esquivant les problèmes, comme il l'avait fait une vingtaine d'années plus tôt, lorsque Ali et Ali Bis avaient disparu avec un très gros butin, sans qu'il fît le moindre commentaire à ce sujet. Avec seulement, dans les yeux, cette perplexité qui ne devait jamais plus les quitter !

Au début, Lam décida de serrer les dents, de fermer sa gueule comme le lui imposaient les consignes de son chef direct installé dans l'un des palaces de Madrid, tandis que lui dormait dans des draps sales et répugnants, mangeait dans des gargotes où grouillait la vermine, était en relation permanente avec des voyous tatoués et impitoyables. Il décida de s'exiler à l'intérieur de lui-même. Il se renfrogna. Il pensait tout le temps à Lil, à Lol, et à Fascination II. Son chagrin déborda de toute part mais il se fabriqua sa propre citadelle. Il s'y coula en attendant la fin de la guerre qui n'allait pas tarder. Il apprit à se battre à coups de couteau, à tirer le premier, tout en mourant de trouille. Ses interlocuteurs essayaient souvent de le rouler, lui qui croyait que les voyous avaient des principes et un vrai code de l'honneur. Il comprit que c'était faux, que dans la jungle du trafic d'armes, tous les coups étaient permis et que la tricherie était le seul principe fondamental chez tous ses acolytes. Il apprit à ruser lui aussi. A mentir. A parler comme eux : *vayate al caraho tu me caigas la leche hijo de puta! maricon* ! A dire : « *Hombre!* » pour n'importe quoi et à n'importe quel moment, comme un tic stupide et répétitif qui l'agaçait beaucoup. A changer d'avis et de couleur. Selon les circonstances et les nécessités du moment. Vivant au jour le jour, il se mit à transcrire maladroitement ses sentiments, ses peurs, ses nausées et ses malaises nocturnes.

Lam écrivait des lettres comme des appels au secours mais il ne les envoyait jamais : (« Je bourre les trous qui s'agrandissent en moi chaque jour un peu plus et chaque fois que la nuit tombe sur moi, brutalement. Je remplis ainsi l'insomnie chronique dont je souffris très tôt, dans cette ville de Barcelone si ouverte et si fermée, avec des mots vulgaires. Des mots obscènes. J'ai du chagrin. Douleur abstraite. Atroce. Tenace. Mais je reste méfiant vis-à-vis de ce fatras de sentiments onctueux. Dans cette chambre d'hôtel sordide, tout autour de moi, maintenant, le monde complètement immobile C'est-à-dire le monde non pas s'arrêtant, s'interrompant, cessant d'exister, mais poursuivant au contraire son mouvement d'une façon entêtée. Compliquée. Incompréhensible. Dans la chambre, la lumière de l'abat-jour minable, de guingois et bancal à l'image de tout le reste, comme impossible à retenir, à capter. Tel un ensemble de rets, de filets et de pièges. C'est-à-dire tels d'éblouissants, astucieux et soyeux réseaux de lumière. Le chat comme à son habitude est perché sur le rebord de la fenêtre par laquelle il entre et sort quand il en a envie. Attentif. Arrogant. Couard. Noir. Comme Fascination II. Presque la même couleur. Toujours blessé à cause des bagarres qui l'opposent, dans la rue, à d'autres congénères aussi filous que lui mais dominés par l'instinct de survie. Souple. C'est-à-dire souple (à la façon de Fascination II) dans sa foudroyante immobilité. Sa foudroyante bestialité générique, à l'état brut. Sa foudroyante vitesse potentielle parmi l'inextricable enchevêtrement des objets accumulés, jetés pêle-mêle et formant un fatras d'éléments comme une quintessence du désordre, de l'anarchie et du laisser-aller. Faisant – le chat – surtout semblant. L'éclat de la lumière derrière la vitre l'éblouit certes mais jusqu'à un certain

point. Il reste là, cloué. On aurait dit minéralisé. D'une façon invraisemblable. Je fais attention de ne pas me confier aux autres voyous que
je fréquente et dont certains ne sont pas si mauvais que ça. Il y a le dedans et il y a le dehors.
Le jour, j'accroche à mon visage un sourire écla-
tant de jeune voyou arrogant. La nuit, je me
réfugie dans les papiers que je remplis de mes
signes. Journal intime ridiculement pleurni-
chard écrit dans une langue codée par peur de
la police et de mes comparses, parfois impitoyables, pervers, cruels. Comptabilité fastidieuse. Notes de lecture des premiers vrais livres
de ma vie. Comme si je voulais rester sous
l'influence d'Ali Bis dont la boulimie de lecture
était devenue légendaire dans la famille bien
après sa mystérieuse disparition.

J'attends la nuit avec impatience, pour faire
éclater cette charge affective. Je griffe alors le
papier avec mon stylo et y laisse des traces
minuscules que je n'arrive pas à lire, parfois.
Mon écriture est l'expression de mon désarroi et
de mon exil interminable. Rentrerais-je un jour
à Constantine? Reverrais-je Ila et Lil qui se
font vieux? Depuis ce terrible jour où j'avais
quitté Hanoi, May et Nguyen, le malheur
s'était abattu sur moi. Je fis face. J'eus honte au
début d'évoquer toutes ces choses. Ila m'avait
inculqué l'idée qu'il était honteux de déballer

ses affaires internes et intimes. Maintenant je peux lever le voile sur la vraie nature d'Ila, sa stérilité, sa « flottaison » pathétique, sa perplexité légendaire et son errance à travers le monde à la recherche du cheval miraculeux. Toute cette activité n'était en fait qu'une façon de se fuir et cela n'avait pas échappé à Lol. Très vite mon père adoptif prit dans mon imagination enfantine une place exorbitante faite d'adulation, de passion et de défiance. Je me méfiais beaucoup de cette tendance, certes discrète, à la théâtralité. Plus tard, son importance avait enflé démesurément. Et le voilà maintenant entiché de chevaux de race andalouse!

Je compris seulement alors qu'il avait toujours été trop perplexe devant le monde. Toujours dépassé, happé par les événements qu'il provoquait au départ mais qu'il ne maîtrisait plus à l'arrivée. Je me le suis souvent représenté comme une sorte de fantôme qui marche sur le rebord d'un cauchemar effilé. Toujours le même. Tels les somnambules, les funambules et les mystiques frappés d'extase et de stupeur; à l'instar des derviches tourneurs de mon enfance lors des cérémonies d'incantation des confréries religieuses et des sectes mystiques, très nombreuses, alors, dans la région de Constantine. Toute sa vie mon père adoptif avait été mû par une sorte de tendresse excessive à l'égard des gens, due, peut-être, à sa stérilité qui cachait certainement une impuissance totale : « C'est pour cela qu'il aime trop les chevaux! », m'avait dit un jour un de ses lads qu'il avait provisoirement écarté parce qu'il était trop fatigué.

Ila fut donc mû par une sorte de tendresse pathétique, sa vie durant. Jusqu'à ce qu'il meure en 1965 sans avoir jamais eu aucune nouvelle d'Ali et Ali Bis, sans avoir jamais compris de quoi il s'était agi, parce que Lol avait su garder le secret, afin de protéger les deux hommes embourbés dans toutes les guerres qui allaient ensanglanter le siècle (les guerres des autres et leur propre guerre comme si elles étaient à jamais inscrites dans le destin, la génétique et la généalogie du monde) à jamais! Et aussi pour conforter Ila dans sa propre démarche fondée sur l'ambiguïté, le flou et l'instabilité. Mon paquet de cigarettes se vide très vite. A un rythme infernal. Le manque d'argent m'empêche de fumer chaque fois que j'en ai envie. J'essaye donc d'endiguer mon besoin de nicotine. Dans cette chambre sordide et barcelonaise j'ai vraiment réalisé que j'étais quand même et quelque part, incestueux, non identifiable (tout enfant, déjà, j'avais su que mon état civil était fallacieux et des plus fantaisistes) et flottant. A l'image d'Ila. Farfelu. Je ne compris pas grand-chose à ce que j'avais commis là, en

cette veille de départ pour le maquis, mais
– pressentis – très-vite – que c'était grave. Fatal.
J'en restai coi. Mais essentiellement atteint de
stupéfaction. Hébété. Affolé. Révulsé. Perplexe.
A la façon d'Ila. Lol avait beau me rassurer, je
me sentais coupable et banal. Non seulement je
me croyais stérile mais j'étais devenu impuissant, malgré tous les efforts d'Olga à Moscou et
de May à Hanoi. A Barcelone, mon désir des
femmes était toujours aussi mou, aussi nul.
J'évitais leur contact. Racontais des balivernes
pour les contourner.

La page est comme échardée, grêlée par les
signes de ma minuscule écriture. Je regarde la
pluie se déverser sans interruption. Le goût de
terre gorgée d'eau me monte à la bouche.
Odeur des écuries. Odeur des chevaux mouillés
sous les orages constantinois, odeur aussi des
galettes algériennes dont le manque m'obsédait
d'une façon ridicule. Je regarde la pluie qui
glisse sur les vitres de l'unique fenêtre. Un vasis-
tas plutôt! Les labyrinthes parallèles se criblent
de taches minuscules, gonflent et convergent en
un glacis de lignes contradictoires, emmêlées,
enchevêtrées. La nature a horreur de la ligne
droite. Les gouttes d'eau s'étirent, se tordent et
dérapent. Il ne cesse de pleuvoir sur Barcelone.
Je suis content, cette nuit. J'ai horreur du temps
sec. Ici l'été dure trop longtemps. Le soleil

immuable. Le ciel bleu. La mer comme une tôle indéfroissable. Cela finit par tout fausser. Les gens. Les bêtes. Les choses. Ici dans ce qui n'est pas tout à fait l'Espagne, comme à Constantine, l'été finit par devenir fastidieux. Bloqué. Figé. Mort. Brusquement je suis heureux. Toute cette sensualité qui se déverse en moi ! Je sens mes veines et mes nerfs se ramollir et se détendre progressivement. »

Au fur et à mesure que le temps s'écoulait, ce bidet devenait l'image du désarroi humain, émail effrangé, ainsi posé au rebord de l'abîme et de la misère qui poissait jusqu'à ses viscères. C'était dimanche, il lui fallait quand même se lever, bondir vers le lavabo, faire sa toilette en profitant d'un rayon de soleil qui se reflétait sur la vitre crasseuse de la lucarne de cette chambre de bonne dont le plafond touchait presque sa tête. Il savait qu'il avait rendez-vous à la station Paseo de Gracia à 9 heures précises. Il avait deux heures devant lui mais la faïence douteuse aimantait son regard bien qu'il eût émergé du sommeil depuis quelque temps déjà, toujours étonné d'être là dans cet espace où une flaque de soleil rongeait avidement le parquet moisi, aux lattes disjointes. Il ne savait pas s'il avait envie d'uriner dans le lavabo ou de vomir dans le bidet. En attendant de se décider il restait couché à regarder les traces d'un miroir sus-

pendu jadis au-dessus et dont la couleur jaune
d'œuf plaquée sur le papier du mur l'enfonçait
un peu plus dans son effroi. Il s'était coupé du
monde et passait son temps à attendre des
rendez-vous dans les stations de métro aux
heures d'affluence, jusqu'à ce que son contact
espagnol, un homme élégant, toujours le même,
vînt lui dire quelques mots brefs à l'oreille, sans
un regard complice, sans une main tendue soli-
dairement. Les femmes le regardaient ; il évitait
leurs yeux. Les ordres étaient clairs. « C'est
parce que tu es trop beau que tu as été choisi ! »,
lui avait hurlé au téléphone son chef hiérarchique, qui vivait toujours dans les luxueux
palaces de Madrid, un jour d'hiver de l'année
précédente. Il n'y avait rien à discuter. On avait
déjà raccroché. Lam ne l'avait jamais rencontré
et le seul contact qu'il avait avec lui se faisait
par téléphone. Il appelait ponctuellement, une
fois par semaine, de la même cabine téléphonique. Ce jour-là, il était resté, un long
moment pensif et dérouté, dans cette cabine
téléphonique posée au bout du quai d'une gare
de banlieue déserte et corrodée par la lèpre de
l'hiver dans un faubourg miteux de Barcelone.

Lam savait, donc, qu'il avait rendez-vous à la
station Paseo de Gracia. La peur le tenaillait.
Son chef ne jubilait jamais. Lui non plus n'avait
ni nom ni surnom. Rien. Même pas une

ombre. Il restait invisible. Il l'imaginait ni beau ni laid, terne, portant des costumes en soie et des cravates en laine aux couleurs criardes. A présent qu'il fréquentait les palaces, il reniait ses origines modestes, qui lui faisaient honte. Il jouait au tennis avec des hommes d'affaires corrompus, des politiciens véreux et des diplomates méprisants et retors.

Lam connaissait bien le métro de Barcelone! Ses coins et ses recoins, ses issues connues ou camouflées, ses poubelles numérotées et répertoriées par ses soins, ses dédales, ses lignes, ses correspondances, ses affiches, ses graffiti, ses hangars, ses cabines téléphoniques, ses toilettes, ses boutiques, ses guérites de gardien, ses guichets, ses abris de cireur, ses dépôts, ses débarras, ses heures creuses, ses heures d'affluence, ses couloirs, ses goulots d'étranglement, les vrombissements de ses locomotives, ses femmes énervées, ses hommes blafards, ses cacophonies, ses bruits, ses ivrognes, ses clochards, les grincements de ses portillons, le tric-trac de ses appareils à friandises, ses pneumatiques gommeux, ses traces de pas vertigineuses, ses turbulences, ses parasites, son univers presque aquatique, ses bains de vapeur, ses bains de foule, son atmosphère caséeuse, sa gestuelle oiseuse, ses us et coutumes, ses pièges, ses traquenards, ses effluves, ses puanteurs, ses remous, son vertige.

Sa banalité! Et, à nouveau, et surtout : ses portes et ses issues, ses fausses ouvertures et ses vraies sorties. Inventaire implacable. Il en va de même avec le contenu de ses poches qui ne varie jamais : paquets de tabac de mauvaise qualité de marque *Placer*, pochettes d'allumettes de toute forme et de toute taille. Mais jamais de clés puisqu'il habitait à l'hôtel!

Dans ses poches intérieures, il camouflait ses multiples et faux papiers d'identité, ses fausses feuilles de paye et ses fausses cartes de Sécurité sociale ainsi que les mille pesetas nécessaires et exigibles par la loi. Côté gauche. Côté droit, le plan du métro. Pièce essentielle de sa propre nomenclature et régulateur précis de sa propre organisation. Il connaissait par cœur les lignes, toutes les lignes se superposant les unes les autres, avec leurs couleurs noir, rouge, jaune, bleu, rouge (à nouveau), vert métallisé. Mais s'arrêtant toujours au bord d'un gouffre invisible où s'accumule une fébrilité intérieure juxtaposée à une mollesse qui détruit – intuitivement pour lui – tout désir de réorganiser une telle matière dont le désordre est la base même de sa minutie et de sa rigueur car il est le seul à en connaître les impasses, les culs-de-sac, les boutoirs et les murs verglacés par la sueur d'une humanité en perpétuelle transhumance et inlassable nomadisation parce que prise d'une bougeotte irrépressible. Avec ces publicités espagnoles encore balbutiantes : CAFE. PRODUCTO DE COLUMBIA. TOMA USTED CADA MAÑANA EL MEJOR CAFE DEL MUNDO. TOMA CAFE COLUMBIA.

Un an plus tard, à son retour à Alger, Lol qui ne l'attendait pas de sitôt, lui raconta, devant une tasse de café, les péripéties d'une manifestation qui s'était déroulée à Constantine en 1960 et à laquelle elle avait participé avec Lil et des milliers d'autres femmes. La soldatesque avait été bombardée de légumes pourris et d'animaux en décomposition dont une vieille tortue presque centenaire à l'instar de la tante Fatma (l'intrépide, exécrable et autoritaire bonne de la famille qui menait tout le monde à la baguette et que Lam n'avait jamais connue, elle non plus! sinon par la description effrayée que lui en avait faite Lil terrorisée. Tout comme il n'avait jamais connu Ali ni Ali Bis) qui l'avait élevée avec beaucoup de tendresse. Les femmes, lançant leurs projectiles nauséabonds, avaient semé l'effroi et le désarroi dans les rangs des militaires écrabouillés sous la pourriture pestilentielle alors que le marchand de beignets tunisien pleurait son huile dont les manifestantes s'étaient emparé pour la leur déverser sur la tête. Dépassés. Vaincus. Ecrasés. Atterrés par tant de fureur et tant de courage. Ila avait prédit depuis longtemps que la guerre allait être dure mais il n'avait jamais pensé que les femmes s'en mêleraient. La guerre battait alors son plein et les rives du Rhumel débordaient de cadavres décomposés. C'était une vieille histoire, déjà en 1846, le Rhumel avait regorgé de cadavres lorsque Constantine avait résisté à l'armée française. C'était alors le règne de Salah (ou d'Ahmed Bey? La mémoire populaire n'étant pas très précise à ce sujet.) Bey qui finit par être vaincu. Les Français avaient coupé des têtes et en avaient orné les murailles qui protégeaient la ville. Ila posait souvent la même question à Lam, encore enfant : combien de jours avait duré la résistance d'Ahmed Bey ou Salah Bey? Lam se souvenait encore de cette question futile. A quoi cela sert-il de savoir le nombre de jours, de semaines ou de mois? Mais le père adoptif aimait à connaître les détails de l'histoire avec ses nombreux affluents. De la même manière qu'il aimait connaître les détails les plus ridicules concernant l'élevage et l'entraînement de ses chevaux. De manière obsessionnelle mais jamais satisfaite. Rien ne pouvait lui échapper. Les jours passaient trop vite à son gré. Avec leurs événements, leurs éléments et leurs renversements. Le père disant à l'enfant qu'il était alors : « Combien de soldats avaient accompagné Tarik Ibn Ziad lors de la prise de

Gibraltar en l'an 711 ? » L'enfant répondait sans hésitation : « Il y avait 300 cavaliers arabes et 10 000 Numides-Berbères. » Lam se souvenait, aussi, de cette miniature de très grande valeur, peinte par Wasiti (Irak) (734 de l'Hégire) qui avait subjugué et hanté son enfance et son adolescence et qui représentait justement Tarik Ibn Ziad avec un groupe d'officiers devant le rocher du Détroit. Et l'enfant s'était demandé, souvent, combien de soldats avaient combattu sous les ordres de Rodéric le Wisigoth. Ila lui avait répondu en bougonnant : « Tu n'as qu'à lire le texte d'Ibn Khaldoun sur la prise de Gibraltar... Tu sais bien que je déteste toutes les conquêtes, toutes les guerres injustes. Tu sais bien, même les conquêtes musulmanes étaient injustes... Tu sais bien... N'écoute pas les balivernes de maître Cohen sur la reconquête de l'Andalousie, en l'an 2000 ! C'est de la pure superstition judéo-arabe... N'est-ce pas ? » Puis, il lui avait demandé de traduire le texte d'Ibn Khaldoun, de l'arabe au français. Mais l'enfant était trop malin. Il connaissait bien son père et sa passion pour l'histoire, les langues, les mathématiques, la théologie et les chevaux. Il lui avait laissé traduire le texte lui-même ! Ne se rendant pas compte de l'astuce de Lam qui n'avait plus qu'à attendre que ces séances longues et fastidieuses se terminent pour aller vite retrouver les chevaux, s'en occuper, les laver, les bichonner et les monter, aussi.

Lol raconta donc à Lam, dès son retour à Alger, comment les femmes avaient couvert l'espace avec leurs voiles noirs. Les oiseaux, ce jour-là, avaient préféré se cacher, tellement elle avait résonné des slogans des femmes, cette ville qui avait été conquise en 1846 par 10 000 soldats français sous la direction du duc d'Aumale qui défit ainsi Ahmed Bey et son frère Salah Bey plus populaire et mieux sauvegardé dans la mémoire des gens. Après cette manifestation des femmes, avait eu lieu la prière des morts. Des centaines de victimes avaient été ramassées par les tombereaux des services municipaux et jetées dans les gorges bouillonnantes du Rhumel; tandis que le marchand de beignets tunisien se lamentait toujours d'avoir perdu plusieurs dizaines de litres d'huile bouillante. Il y avait même eu un enfant insouciant qui avait la manie d'élever des canaris sur la terrasse de ses parents et qui les avait laissés uriner sur la troupe. Il eut la tête tranchée net par un coup de sabre que tenait un spahi ou un légionnaire, ou...

Lam avait inscrit des slogans politiques à la craie jaune sur le sol de la terrasse. C'était en 1950. C'est à ce moment-là qu'il avait attrapé les oreillons. Les enfants l'avaient poursuivi de leurs quolibets parce que son cou avait énormément enflé. Il y eut, cette année-là, une prière de l'Absent dite dans toutes les mosquées de la ville. Lam s'était demandé : Ali et Ali Bis étaient-ils les absents ? Certains disaient qu'Ali et Ali Bis étaient morts. D'autres, qu'ils étaient vivants.

On les voyait partout comme s'ils avaient le don d'ubiquité ; en fait, ils étaient tous les deux dans le maquis algérien qu'ils avaient rejoint séparément, l'un à l'ouest, l'autre à l'est du pays, à quelques mois d'intervalle ; après avoir, tous les deux, déserté en Indochine l'armée française dans laquelle Ali avait le grade de sergent, et Ali Bis celui de capitaine puisqu'il était un vétérinaire accompli alors qu'Ali avait arrêté ses études après le baccalauréat (ou le brevet élémentaire ? Là aussi les avis différaient) préférant s'occuper tout de suite des chevaux d'Ila. Ali Bis était cantonné au groupement de Cavalerie de Saumur, tandis que Ali était dans le corps des Spahis, toujours à la poursuite d'Ali Bis qu'il croisa en France et en Allemagne pendant la Seconde Guerre mondiale, au Vietnam (de 1947 à 1956) et en Algérie à partir de cette dernière année. Qu'il croisa, donc, sans jamais le rencontrer, le trouver, lui demander des comptes au sujet du vol qu'il avait commis au détriment d'Ila, en s'enfuyant avec un butin

appréciable et cette prostituée bordelaise qu'il
surnomma Mol parce qu'il trouvait qu'elle res-
semblait à la Molly de Joyce dont il lui lisait les
passages les plus significatifs : (« *Dépêchez-vous
pour le thé, dit Molly.*

   — L'eau bout, répondit-il.

*Mais il s'attarda à débarrasser la chaise : son
jupon rayé, du linge froissé et sali et en une brassée
il posa le tout sur le pied du lit.*

Comme il descendait à la cuisine, elle appela :

   — Poldy!

   — Quoi?

   — Ebouillantez la théière!

*Ça bouillait, pas d'erreur : une vapeur légère,
plume sortant du bec. Il échauda, vida la théière,
y mit quatre cuillerées de thé combles, et pencha la
bouilloire pour verser l'eau. Laissant infuser, il ôta
la bouilloire, plaqua la poêle sur les charbons
ardents, et regarda le morceau de beurre glisser et
fondre. Pendant qu'il déballait le rognon, la
chatte eut tout contre lui un miaulement de faim.
Si on lui donne trop de viande elle ne chassera
plus. On prétend qu'ils ne mangent pas le porc. Le
rite. Tiens.* (Lam non plus ne mangeait pas le
porc. Le rite, tiens! jusqu'au jour où le train
supposé relier Barcelone à Madrid, mais tombé
en panne pendant deux jours, était resté en rade
comme ça pendant quarante-huit heures en
pleine Mancha désertique et glaciale, en plein

hiver. Au deuxième jour d'attente, Lam mourant de faim mangea une rondelle de saucisson qui traînait par terre, sale et dégoûtante mais qu'il apprécia d'une façon jubilatoire, à la fois parce qu'il avait très faim et aussi parce qu'il brisait ainsi le rite, et l'interrompant, s'en débarrassait à jamais. Depuis, Lam mangeait du porc, avec délectation, en néophyte, en quelque sorte!) *Il laissa tomber à sa portée le papier taché de sang et envoya le rognon dans le beurre qui grésillait. Poivre. Puisant une pincée au coquetier ébréché, il saupoudra en rond. Avec une fourchette il piqua le rognon et le fit claquer en le retournant; puis il plaça la théière sur le plateau. En la soulevant il fit vibrer sa bosse. Tout y est? Tartines beurrées, sucre, cuiller, sa crème. Oui.*

— *Comme vous avez été long, dit-elle.*

Elle fit cliqueter les cuivres en se soulevant avec vivacité, un coude à l'oreiller. Il considérait sans trouble ses formes rebondies et l'intervalle entre les nénés volumineux et doux, fléchis dans sa chemise de nuit comme les mamelles d'une chèvre. La chaleur de sa chair montait du lit et se mêlait à l'arôme du thé qu'elle versait. Qu'allez-vous chanter? Suivant l'indication de son doigt il prit sur le lit sa culotte sale par une jambe. Non? Alors une jarretière grise enroulée sur elle-même et recroquevillée autour d'un bas. Semelle déformée, luisante.

— *Non, ce livre.*

Fascination

Un autre bas. Son jupon.
— Il a peut-être tombé, dit-elle.
Il tâtait çà et là. Voglio e non vorrei. *Me demande si elle prononce bien ce mot* voglio. *Pas sur le lit. A sans doute glissé. Il se baissa et souleva la draperie. Le livre s'étalait à terre contre la rondeur du vase de nuit orange.* (JAMES JOYCE. *Ulysse*) dont il était fou et qui le quitta très vite, dès qu'ils eurent dépensé toute leur fortune sur la côte d'Azur. Mais Lam ne fut pas que malheureux à Barcelone. Il eut quelques moments de bonheur et quelques bons souvenirs. C'est dans cette ville qu'il but de l'alcool pour la première fois de sa vie ; c'est là, aussi, qu'il enfreignit l'interdit coranique de manger du porc. C'est là, enfin et surtout, qu'il devint athée.

VIII

ALGER

Il n'avait jamais mis les pieds à Alger *(D'abord comptoir phénicien et qui prit le nom d'Ikasin au IIe siècle, elle sera véritablement fondée sur le site d'un ancien comptoir romain et deviendra Icosium au Ve siècle. Ce n'est qu'à la fin du Xe siècle qu'elle prendra le nom d'El Djazair (les îles) sous le règne de Bologhine Ibn Ziri. Mais elle ne prendra de l'importance qu'avec l'arrivée des Morisques : Musulmans et juifs d'Andalousie chassés d'Espagne, après la chute de Grenade en 1492. En 1510, les Espagnols s'installèrent sur un îlot face à la ville (Le Penon). Pour les en chasser, les Algérois firent appel aux Corsaires turcs, avec à leur tête les frères Barbarousse, en 1516. Sous la domination des Barbarousse, Alger devint la capitale d'un Etat algérien vassal du sultan Ottoman, et l'un des principaux centres de la course en*

*Méditerranée. En 1541, elle est vainement assié-
gée par Charles Quint qui verra des centaines de
ses hommes faits prisonniers et parmi lesquels se
trouve Cervantes qui y passera quelques années de
captivité. En 1682, elle est bombardée par le général français de religion protestante et l'un des rares
à être épargné par la révocation de l'édit de
Nantes : Abraham Duquesne. En 1686, elle le
sera par l'Anglais lord Exmouth, en vain. Les
Français s'en emparèrent le 5 juillet 1830 sous le
commandement du général de Bourmont. Elle est,
depuis le 5 juillet 1962, la capitale de l'Algérie
devenue indépendante après une longue guerre qui
dura sept ans et fit un million de victimes, environ.)* jusqu'à cette journée du 5 juillet 1962,
alors que la ville était en liesse (malgré les dégra-
dations qu'elle avait subies ces derniers mois de
la part d'une organisation dite secrète et
composée de vieux généraux et de quelques
Bachaghas algériens ; ne cessant pas de plasti-
quer les immeubles, les buildings, les services
publics (poste principale, port maritime, etc.) ;
de terroriser le million d'Européens pour les
obliger à partir dans une pagaille et une débâcle
incroyables, d'assassiner des civils – dont un
groupe d'instituteurs libéraux issus des deux
communautés, et hommes de bonne volonté
exécutés froidement dans une école primaire
située sur les hauteurs de la ville, parmi lesquels

se trouvait un écrivain algérien –, de mettre des bombes partout (celle du port fit au moins 200 morts.) de dégrader la chaussée, de déboulonner jusqu'aux plaques portant les noms des rues, des avenues et des boulevards; mettant donc la ville à sac, l'enfonçant dans le chaos (Lam se souvenait surtout de l'édifice de la grande poste complètement détruit, mais avec des services continuant à fonctionner et séparés entre eux, non pas par des murs ou des cloisons, tous effondrés, mais par des sacs de jute qui donnaient à ce lieu un air de caravansérail en toile, cabossé, de guingois, comme penché et donc insolite, avec ses gravats mal déblayés, ses débris de verre mal balayés, ses...) d'une façon barbare, prédatrice et qui n'allait même pas épargner la bibliothèque de l'université avec ses millions de livres rares ou anciens ou récents : énorme autodafé, en plein centre de la ville, sorte d'holocauste livresque et encyclopédique dont les peuples sont souvent friands, avides, comme gourmands parce que la pyromanie est universelle et que l'instinct du mal est un atavisme réfractaire à toutes les morales, à toutes les exhortations et à tous les humanismes. La ville vivait donc sa liesse parmi les gravats, les décombres, les calcinations et l'odeur forte et tenace de brûlé qui polluait l'atmosphère, imbibait les vêtements, desséchait les narines et piquait les yeux des cohortes de manifestants agglomérés, compactes, se mouvant par vagues colorées qui déferlaient des hauteurs de la cité vers le port tout en bas, créant des bousculades incroyables, des piétinements parfois mortels, des encombrements qui duraient une matinée ou un après-midi.

Alger sillonnée, pendant plusieurs jours, par des cortèges interminables, bariolés, avec des drapeaux faits de vieux tissus gardés longtemps et secrètement dans le fond des armoires. Etoffes de drapeaux gigantesques flottant sur la foule délirante, hystérique, électrisée, aphone, qui continuait de gronder après tant d'années d'attente, de peur, de morts, de massacres, de camps de concentration, de villages de regroupement, de bombardements au napalm, au phosphore, ou avec des obus estampillés Hawn capables de faire des cratères de plusieurs centaines de mètres de profondeur ; de centres de torture dûment éparpillés dans tout le pays, immense ; de tortionnaires heureux et fiers de l'être, écrivant aujourd'hui leurs Mémoires, relatant leurs exactions avec des détails abominables ; vivant encore aujourd'hui, donc, vaquant tranquillement à leurs affaires souvent juteuses ou exerçant benoîtement leurs mandats

de députés ou de sénateurs, de conseillers généraux ou de maires.

Mais tout cela était déjà oublié, déjà enterré
par cette foule en délire qui ne voulait que
s'amuser, se défouler, lancer ses cotillons, ses
serpentins, ses pétards, ses papiers gras, ses
rubans en taffetas, exhiber ses enfants déguisés
paradoxalement en paras, en légionnaires, en
officiers français avec leurs tenues de galas bar-
dées de décorations glorifiant la guerre, la
haine, la vengeance.

Foule algéroise donc, en liesse, en ce jour
mémorable du 5 juillet 1962 (rappelant – bien
sûr – le 5 juillet 1830 et le débarquement du
général de Bourmont sur une crique nommée
Sidi Ferruch, à l'ouest d'Alger), déferlante et
prise de folie collective dans ses embouteillages
inextricables, ses hurlements hystériques, ses
cris surexcités et assourdissants, les sifflets stri-
dents, contradictoires et dérisoires des nouveaux
policiers engoncés dans leurs tenues flambant
neuves et mal à l'aise dans leur nouveau rôle
malgré cette joie contagieuse et cette jubilation
fantastique ; peu sensibles à la liesse générale
parce qu'il leur fallait maintenant surveiller ce
peuple, l'avoir à l'œil, le contrôler, le réprimer
quand il le fallait et quand il ne le fallait pas.
Alors qu'eux-mêmes venaient des maquis ou
sortaient à peine des prisons où ils avaient été

traqués, torturés, humiliés, et leurs camarades guillotinés, écrabouillés par les bombes, etc. La cité devenue intarissable, encombrante, frénétique et bruyante, avec çà et là des chefs endimanchés, en tenue Mao ou en costume trois pièces malgré la chaleur humide et suffocante de ce début d'été; chefs bientôt implacables, durs, dictatoriaux et surtout corrompus (« *Ayant destitué le grand cadi du Caire en la Sainte Année 786, le sultan d'Egypte me fit le privilège de me désigner pour le remplacer. Je m'acquittai dignement de ma tâche, mettant tous mes efforts à l'application fidèle des lois pour la défense et la sauvegarde de la justice, je restai indifférent aux reproches, au prestige et à la puissance... Après avoir mis tout mon zèle à extirper le mal de la corruption, attirant sur moi le mécontentement et la haine, je me tournai contre les différents muphtis, je découvris parmi eux les gens les plus méprisables qui donnaient les fatwas avec la plus grande légèreté et sans aucun contrôle. Cependant m'appuyant sur le droit, je m'employai à rabattre le caquet aux impotents et aux ignorants, aux charlatans et aux corrompus, refusant de me laisser influencer par l'argent, le pouvoir, la puissance ou les intérêts privés.* » IBN KHALDOUN : *L'Autobiographie.*), désormais dévorés par la passion du pouvoir et de l'argent; ce qui allait se vérifier très vite, dans ce cas algérien, comme dans tous les autres cas à travers le monde. Comme si, pensait Lam pris dans les remous de cette foule insatiable, toute révolution, toute libération doit absolument devenir le contraire de ce qui a fait ses valeurs, son essence et ses principes.

Toute la ville était donc dehors, après une longue hibernation, une longue attente et une terrible léthargie, débridée, déshabillée, dévoilée (Lam avait vu plusieurs femmes, de tout âge et de toutes conditions sociales déchirer et même brûler leurs voiles), grouillante, épuisante et presque surfaite, quelque peu fallacieuse, en rajoutant sûrement et continuant à tourner en rond, ignorant, voire snobant les platanes, les squares, les pigeons, les ciels mordorés, les collines criblées de taches bleues ou ocre ou blanches, matérialisant non seulement les villas cossues, les palaces de luxe, les mosquées aux coupoles redondantes, la cathédrale sacerdotale, plutôt, et surgissant sous la forme d'une tente plantée là, comme par hasard entre les ruelles et les petits chemins qui montaient vers les collines quasiment abstraites à cause de la brume estivale ; mais se déployant magnifiquement à travers cette géométrie et cette architecture superbes parce que dévalant aussi vers la mer à travers les ruelles étroites et les escaliers interminables, menant inéluctablement à ce port gigantesque où les grues, les conteneurs, les silos, les entrepôts et toute une machinerie incroyable, qui, bien qu'alignée au cordeau, donnait l'impression d'un désordre non pas cosmique, non pas tellurique mais plutôt jubila-toire !

Lam était en extase non pas à cause de la foule qui l'émouvait et le touchait dans ses débordements enfantins, mais à cause de cette ville d'Alger qu'il découvrait pour la première fois et où Ila avait une affaire d'import-export qu'il négligeait quelque peu, laissant faire son associé, un Algérois de souche ; et où Lol venait souvent pour rencontrer Françoise qui s'était donné ce surnom de Loly pour lui complaire, être sa jumelle, voire son incarnation ; tout cela pour dire, exprimer sa passion amoureuse et son désir sexuel non seulement pour Lol mais pour tout ce pays et pour tous ses habitants qu'elle désignait d'une façon générique, vague et naïve : les Arabes. Lol jouait-elle, dans cette relation quelque peu durable, le rôle du mâle ? Ou était-elle capable d'être mâle et femelle ? A tour de rôle peut-être ? se disait Lam qui n'avait jamais osé le lui demander franchement, malgré toute la complicité qui les liait et tout cet inces... mais où (Alger) ni Ila qui lui avait souvent promis pourtant, ni Lol ne l'y avaient jamais emmené ! Avec ce port donc (en comparaison il trouvait celui de Bône, qu'il connaissait bien, un peu minable, un peu plat) comme un rajout insupportable, voire douloureux et en complète opposition avec ce qui fait communément un port : ses jetées, ses quais, ses machines, sa mer, sa baie et ses bateaux.

Ce port-là, Lam le découvrait avec étonnement, avait quelque chose de plus. Il ne savait pas quoi exactement, d'ailleurs. Mais il en avait l'intuition. Une simple intuition. Ainsi il se disait qu'au fond, même le port de Barcelone ne l'avait pas tellement impressionné. Peut-être étaient-ce ces superbes jacarandas plantés à même les quais qui faisaient la différence et lui rappelaient les flamboyants vietnamiens, mais pas les palmiers rabougris de Barcelone, comme si ceux-ci n'étaient pas vraiment à leur place dans cette ville qu'il a tant aimée mais qui était plus fascinée par le nord de l'Europe que par le sud du monde, d'autant que les habitants de la ville avaient quelque chose de nordique, de froid. Alger donc, où tout juste après la fin des festivités, la guerre des clans s'était installée d'une façon pernicieuse d'abord, puis d'une façon concrète, intangible, effroyable ensuite. Les gens sortirent à nouveau dans la rue non pour festoyer mais pour demander aux différents clans de cesser la guerre. Un slogan apparut partout, écrit par des mains maladroites

avec des fautes d'orthographe : « SET ANS SA SUF-
FIS! » parce que la guerre contre la puissance
coloniale avait duré sept ans et que les Algérois
ne voulaient pas la voir se perpétuer dans leur
ville et surtout dans cette kasba qui endura le
pire pendant cette période et qui n'en pouvait
plus de toutes ces chamailleries entre des chefs
de guerre, comme si, parce qu'ils avaient pris
l'habitude de faire le coup de feu, ils ne pouvaient plus dorénavant supporter la paix, la vie
calme et tranquille. Lam, avec quelques amis
nouvellement connus, se mêla aux manifesta-
tions pacifistes, à l'intérieur des ruelles de la
vieille citadelle où les différentes factions se
tiraient dessus. Il faillit recevoir quelques
balles perdues pendant ces journées déce-
vantes, éprouvantes et inimaginables, mais il
était trop en colère contre les fauteurs de
guerre pour se rendre compte du danger,
jusqu'au jour où, repéré par un des groupes
bellicistes, il échappa à un enlèvement pro-
grammé et à une mort certaine. Devant la foule
prise de court, le chef du groupe accusa Lam
d'être un espion français parce qu'il était très
blond et avait les yeux bleus. Lam eut beau
exhiber sa carte d'identité et ses papiers de
démobilisation, s'exprimer en arabe et en berbère, on allait quand même l'amener devant
une foule médusée, hésitante et partagée;

lorsque, soudain, une vieille femme s'en mêla, houspilla la soldatesque, engueula la foule prête à se retourner contre Lam, par instinct grégaire et lâcheté viscérale, et proclama qu'elle était sa grand-mère! Déconcertés les membres du groupe le laissèrent partir en lui enjoignant de ne plus jamais remettre les pieds dans cette kasba qu'il aimait déjà beaucoup.

Cette même kasba où, un jour de l'hiver 1963, il tomba nez à nez avec Ali qu'il reconnut instinctivement malgré toutes ces années passées, peut-être parce que Lol lui en avait tellement parlé et qu'elle lui avait montré tant de photos sur lesquelles il avait l'air jeune, parfois sûr de lui et parfois hilare, toujours habillé de bottes de jockey, toujours comme emmitouflé dans ses bleus de Chine trop grands pour lui, souvent caché derrière des lunettes de soleil qui lui dévoraient la moitié du visage, déjà incroyablement émacié, déjà incroyablement long avec cette tignasse de cheveux noirs et souples qui lui tombaient dans les yeux, lui donnant l'air d'un Indien d'Amérique ou d'un Eurasien du Caucase, échappé de quelque écurie luxueuse où on aime bien les chevaux de pure race arabe, ou croisés de chevaux mongols, anglais, andalous auxquels Ila commençait à s'intéresser, ou bien de mustangs américains rétifs, fougueux, inmontables, incroyablement rebelles, mais que

Ali et Ali Bis arrivaient à dompter, ou mieux, peut-être, à amadouer et à séduire. La rencontre eut lieu devant une petite mosquée, qui avait plu immédiatement à Lam. C'est donc là, devant cette minuscule mosquée Bichin (de Piccino, nom d'un chef corsaire d'origine italienne, faussement converti à l'Islam, comme le voulait la coutume de l'époque, et obligé d'offrir une mosquée pour prouver la sincérité de sa conversion) que Lam connut réellement et pour la première fois de sa vie ce fameux Ali parti à la recherche de Ali Bis un jour de 1940, en pleine débâcle de l'armée française qui fuyait devant l'armée allemande. Malgré les vingt-cinq années qui s'étaient écoulées, il n'avait pas changé et continuait à ressembler aux photographies de l'époque de sa jeunesse. Lam était sidéré. Aucune ride, pas un gramme de graisse. Aucun cheveu blanc. Lam se disait : « Mais comment il a fait pour rester si jeune, si svelte, un adolescent de cinquante-quatre ans ! comment a-t-il fait malgré ses déboires avec Ali Bis, ses nombreuses guerres, ses innombrables mariages, ses... » Ils entrèrent dans le jardinet de la mosquée, s'embrassèrent, s'étreignirent et parlèrent timidement de tout et de rien. Lam mit longtemps à demander à Ali s'il avait enfin retrouvé Ali Bis. Ali répondit alors, avec cette même faconde qui avait fait le bonheur des prostituées du Chat Noir, comme se libérant, comme si pendant ces vingt-trois ans, exactement, sa rage d'avoir été roulé par Ali Bis ne s'était pas encore calmée, bien au contraire! malgré les guerres, les résistances, (avec cette histoire rocambolesque et invraisemblable à laquelle Lam ne voulait pas croire; cette fameuse libération de la mairie des Lilas, dans le 19ᵉ arrondissement de Paris, par Ali à la tête d'un groupe de résistants à qui il avait donné le nom de code de Fascination II, cette jument de Lam que Ali n'avait jamais vue mais dont il connaissait la mère (Fascination I) pour l'avoir vue naître, l'avoir dressée, entraînée, convoyée jusqu'au port de Bône et embarquée pour Marseille, Gênes ou Barcelone; après avoir touché l'argent de sa vente et de celle de deux, trois ou quatre autres chevaux, avant d'aller passer la soirée au Chat Noir accompagné d'Ali Bis qui voulait se volatiliser avec la sacoche contenant cet argent, en compagnie de Mol. Cette libération de la mairie des Lilas, à laquelle Lam ne voulait absolument pas croire; comme il ne voulait pas croire qu'Ali était devenu le chef d'un groupe de résistants français, avec ce nom incongru, farfelu et inconcevable : Fascination II; comme il ne voulait pas croire que Ali avait exigé, une fois la mairie libérée et ses occupants allemands tués, blessés ou arrêtés, de remettre lui-même et symboliquement les clés au général Leclerc en personne et seulement à lui! Lam ne voulait pas croire, non plus, que le général eût accepté de se déplacer à la mairie des Lilas pour exaucer le vœu d'Ali. Et pourtant, il avait bien vu une photographie représentant Ali en train de donner l'accolade au général Leclerc sur le perron de cette mairie; comme il avait vu une autre photographie où, cette fois-ci, le général Leclerc décorait la poitrine d'Ali qui avait, sur la photo, un regard non pas triomphant, non pas arrogant, non pas reconnaissant, mais comme incertain, comme perplexe à la manière d'Ila, comme s'il regardait au-delà des gens, des lieux et du monde, quelque chose dont il ne connaissait lui-même ni l'origine ni la nature. Peut-être pensait-il, en ce moment précis, à son destin chaotique, à ses errances à travers le monde entier, aux bouleversements géographiques, aux révolutions politiques, aux quelques dizaines de séismes (dont celui d'Orléansville qui eut lieu le 26 octobre 1953, faisant plusieurs dizaines de milliers de victimes, comme un prélude annonçant le déclenchement de la guerre d'Algérie) qui ont secoué la planète, aux typhons qui ont déferlé méchamment sur des continents entiers; pendant que lui, inlassablement, continuait à courir derrière Ali Bis.

Ali disant donc : « Ah non ! Ah ça non ! Je ne l'ai pas encore trouvé ce beau salaud... Il m'a trompé... Non je ne l'ai pas encore rattrapé ce fils de putain... Pardon cousin ! » Et Lam le coupant : « Mais non ! mais non... tu peux dire des gros mots ... ça ne me gêne pas tu sais... moi aussi, j'en dis beaucoup... » Et Ali, interloqué, abasourdi : « Comment, toi aussi ? Mais ce n'est pas bien du tout... le fils d'Ila qui dit des blasphèmes... non pas toi Lam... Nous, tu comprends, on est des voyous... mais toi tu as obtenu ton baccalauréat et il paraît que tu as commencé des études à l'université... bravo ! tu aurais dû demander un poste de ministre... plutôt ! Mais bravo quand même.. ! Quel courage de t'inscrire à l'université... après le maquis, les blessures, l'exil, ça a dû faire plaisir à Ila, à Lil et à Lol... Comment va-t-il Ila... il doit m'en vouloir... n'est-ce pas ! N'est-ce pas ? » Puis Ali éclata en sanglots. Lam ne savait plus que dire ni où se mettre, disant, balbutiant plutôt : « Mais non, il t'en veut pas... Il n'a jamais parlé de toute cette affaire... Tu sais il est un peu perplexe mais pas du tout fâché... Tu aurais dû lui écrire, lui dire la vérité, lui répéter que tu voulais récupérer l'argent volé par Ali Bis et le lui rapporter... Quoi ! au lieu d'écrire à Lol et à moi en cachette et nous donner des consignes strictes pour qu'elle ne dise rien à Ila... Quoi ! »

Et Ali, continuant à pleurer, toujours au désespoir, reniflant sans cesse, regardant sans cesse par-dessous ses lunettes de soleil pour voir si on ne le regardait pas, s'il ne faisait pas d'esclandre, s'il... « Je voulais rattraper Ali Bis avant qu'il dépense tout l'argent... C'était beaucoup d'argent tu sais Lam mais je sais que tu es au courant de tout ça par Lol... elle est formidable cette fille n'est-ce pas... » Et Lam le coupant là, mi-figue mi-raisin : « ... Il paraît que toi tu n'en as trouvé aucune de femme formidable ! c'est vrai que tu t'es marié huit fois et que tu as divorcé huit fois... que tu as une ribambelle d'enfants éparpillés entre l'Allemagne, la France, le Vietnam, Madagascar, le Sénégal, le Mali (Tombouctou, pensait Lam, capitale culturelle du Mali, avec ce nom superbe et devenant en arabe à la fois un substantif pour dire : canicule, grosse chaleur, sieste, été ; et un adjectif pour dire caniculaire, torride, brûlant, etc.) et l'Algérie... C'est vrai tout ça ? » Et Ali, penaud, mal à l'aise : « Tu sais Lam, je n'ai fait que bourlinguer pour cette salope de France, à la recherche de cette salope d'Ali Bis... J'allais quand même pas trimbaler mes bonnes femmes et ma nombreuse marmaille sur tous les fronts du monde... Là où il faut tuer, violer, torturer... Non ! Mais tu vois ça ! C'est pas de ma faute Lam... C'est la faute à la France... C'est la faute à Ali Bis... J'ai tout, tout raté, cousin ! »

Alger

Lam trouva l'explication trop courte :
« D'accord, tu as été faire toutes les sales guerres
françaises, mais huit épouses et toutes divorcées
à l'heure qu'il est... mais une trentaine d'enfants
quand même...c'est un peu trop... non? A
moins que tu n'aies voulu compenser la stérilité
d'Ila, lui donner autant de petits-enfants que
Lol n'a pas voulu faire... non? n'est-ce pas... tu
aurais voulu qu'elle se marie Lol! n'est-ce
pas... » Et Ali, voulant éviter de répondre à cette
question épineuse : « Mais Ali Bis, je le retrouverai, je le retrouverai et je l'amènerai devant Ila
pour qu'il reconnaisse son forfait devant Ila,
devant Lil et devant Lol et devant toi aussi
Lam... Tu n'étais pas encore né quand je suis
parti à la recherche de ce salaud... Je sais qu'il a
dilapidé tout le fric à Nice, avec cette grosse
putain, je sais plus comment elle s'appelait
d'ailleurs... Monsieur lui lisait des passages d'un
roman, avec un nom grec ou islandais... Je ne
sais plus (Lam se taisant, se disant : *Ulysse* ! et
digressant mécaniquement dans sa tête, récitant
Homère : *Les lotophages offrirent à Ulysse des
fruits de lotos.*) et puis ce con d'Ali Bis qui lui
avait même donné un surnom à cette grosse
catin bretonne... Je sais plus quoi... Qu'est-ce
que... (Lam pensant : Mol / Molly... d'*Ulysse*, la
cantatrice trop grasse et épouse de Bloom,
Bloom, le juif... Et puis cette Odette, la prosti-

213

tuée du Chat Noir et dont le Muezzin s'était
faussement entiché... Elle avait pris ce surnom
chipé à l'Odette de Proust, paraît-il... Vrai
ou faux? Quelle importance d'ailleurs... Mais
quelle paire de schtarbés ces deux mecs-là... Pas
mal de culture quand même... l'Odette, à ce
qu'il paraît... Mais ce ne sont que des extra-
polations de Lol... Sûr! Certain! Odette, à ce
qu'il paraît... elle était la fille d'un gros colon de
Guelma qui l'avait surprise dans le lit d'un
autre gros colon de Guelma beaucoup plus âgé
qu'elle... Elle avait donc le feu au cul très tôt...
Elle a dû fuir. Il paraît qu'elle aimait les
ouvriers arabes aussi... le mythe de l'Arabe...
bon baiseur... Loly aussi vivait dans ce mythe
mais paradoxalement elle avait jeté son dévolu
sur une Arabe en l'occurrence Lol; pour ne pas
faire souffrir son mari, un libéral dont l'huma-
nisme, la générosité et la bonté étaient devenus
une légende. Peut-être? Surtout que Loly devait
croire que tromper son mari avec une femme
n'était pas aussi grave que de le tromper avec un
homme... Alors était-elle lesbienne pour cette
raison-là? l'Arabe obsédé et baiseur infatigable... Ha! Ha! Ha! Dans les écuries qu'elle
faisait ça l'Odette... Odeur de bouse de vache...
c'est moins intéressant, moins odorant (?) que
le crottin des chevaux... celui des juments sent
différemment... Ça je le sais... Vraiment il y a

une différence... Pourquoi? Il faudrait demander à Ali Bis quand Ali l'aura retrouvé... il est
pas vétérinaire? Maisons-Alfort. Véto... Meil-
leure école vétérinaire du monde, paraît-il. J'y
crois pas non plus... Encore que... Odette, elle,
parlait qu'arabe... Pour faire chier son colon de
père ou pour mieux séduire les ouvriers algériens qui devaient mourir de trouille en tirant
leur coup avec Odette... Surpris, ils auraient été
abattus sans aucune hésitation par le gros
colon... Sourcilleux sur l'honneur, la possession
de ses milliers d'hectares de terre à blé tendre...
Ali Bis, quelle culture! Il se disputait constamment avec Ali au sujet de Proust... Ali trouvait
cette littérature maniérée, pédé... Il défendait
les *Mille et Une Nuits*... Chauvin, Ali? Pourtant... Pourtant... Proust a fait lui-même le
meilleur rapprochement avec les *Mille et Une
Nuits*! Exagération? Mais, c'est pas con...
Marcel = Schéhérazade, non? Tous les deux
condamnés à mort... Ils voulaient plutôt échapper à la mort tous les deux... la mort qu'il faut
éviter chaque jour et pour tenir : écrire (Marcel)
raconter (Schéhérazade)... Méli-mélo? Pas sûr!
Ali Bis avait toujours ses arguments pour
convaincre Ali. Ça doit être Ali Bis qui a donné
ce surnom d'Odette à la putain obèse et fanée
avant l'âge... Pour sûr! Où est-ce qu'il a été
dénicher cette passion de la littérature d'avant-

garde, Ali Bis ? A l'école vétérinaire de Maisons-Alford ? Quel rapport... Il y en a peut-être un... et puis ce Muezzin... Vrai ou inventé par Lol... Pas vrai pas faux certainement... Elucubration... Bloom le juif... Swann le pédé... Miss Jenny, la négresse de Faulkner, et puis Schéhérazade, la bougnoulesse des *Mille et Une Nuits*... Le bouquet quoi... Chamailleries d'Ali et d'Ali Bis... Molly...) comment elle s'appelle... mais ce n'est pas important... ce qui est important, c'est que j'attrape ce salaud d'Ali Bis. Je l'ai toujours raté de peu. Un jour... une ville... on s'est presque côtoyés... tout le temps... il a fait les mêmes sales guerres que moi ! Voilà où cela l'a mené de voler l'argent d'Ila... Tu sais Lam... j'ai réussi à économiser et mettre de côté exactement la même somme dérobée par Ali Bis, en argent d'aujourd'hui, attention ! » Et Lam : « Mais tu n'as qu'à le donner à Ila et tout lui raconter... Il sera content tu sais... Il est fatigué maintenant, très malade... on pourra lui rendre visite dès demain, si tu veux. Lol est dans les parages... Elle a une voiture toute neuve... Elle... » Et Ali : « Mais non... Il faut que j'attrape Ali Bis d'abord... tu sais qu'il ne s'appelle pas du tout Ali mais Mohamed comme tous les Arabes... ça le gênait Monsieur, de s'appeler comme tout le monde... et il voulait m'imiter en tout... il m'a tout volé, jusqu'à mon prénom... et c'est Lol...

tu sais... qui, toute gamine, lui a collé, ce Bis.
J'étais pas content... parce que certains jours, je
ne savais plus qui j'étais ni où j'en étais de
toutes ces conneries, ces soûleries, ces orgies au
Chat Noir (Lam se disant : donc le bordel
s'appelle Le Chat Noir, pas « La Lune ! »...)
moi, je t'avoue, je n'aime que les chevaux... les
femmes, c'est pour la forme... et puis, alors
cette Fascination II ? Lol ne tarit pas d'éloges à
son sujet... comment va-t-elle ? » Et Lam : « Elle
se fait vieille... Elle a exactement 10 ans maintenant... Elle ne gagne plus de courses, maintenant... Ila me l'a offerte quand j'avais 10 ans,
avant d'aller dans cet internat à Tunis. » Et Ali,
un peu par provocation, un peu par racisme :
« Ça, c'est la seule erreur d'Ila... je lui ai jamais
pardonné cette erreur à Ila, t'envoyer chez les
Tunisiens, dans un collège situé juste en face de
la prison militaire où il a séjourné lui-même
plus de trois ou cinq ans... Il a fait fort Ila... là...
Il a fait fort... » Et Lam, faisant exprès de le
taquiner : « Mais dis donc... de quoi tu te
mêles... les Tunisiens, je les aime bien moi...
c'est pas des « Zoulous » de Tombouctou ! » A
ce moment, Ali réagit en rougissant. Lam savait
qu'il s'était rappelé Kol la Dogonne du Mali
(ancien Soudan français, à l'époque, dont Lam
connaissait l'existence, à cause de ces superbes
timbres-poste qui le faisaient rêver de ces Zou-

lous du Soudan occidental, du Niger, du Sénégal et du Soudan oriental (sous colonisation
anglaise, celui-là! à cette époque de l'enfance et
de l'adolescence.) noire comme le khôl dont elle
abusait, selon Lol, pour noircir ses magnifiques
cils déjà très noirs...

Alger vue de haut : dentelle criblée de structures matérialisant les buildings aux parois
lisses ; la grande poste avec ses dorures et ses
frises, quelque peu babyloniennes mais très
belles à cause de la couleur de ses céramiques
vieillottes hésitant entre le vert, l'opale et le bleu
passé ; la nouvelle cathédrale très moderne et
d'une forme très audacieuse donc! datant des
années cinquante et coincée entre plusieurs
ruelles étroites, en plein centre-ville ; le Palais
d'Eté baptisé pompeusement et faussement :
Palais du Peuple ; et surtout le Palais du gouvernement, à l'architecture coupée au couteau.
Comme si on l'avait construit par plaques, certaines épaisses et certaines très fines, sur le par-
vis duquel se sont succédé les gouverneurs
généraux, les officiers félons et les hommes politiques, du côté français ; les nouveaux diri-
geants, les politicards véreux et les petits chefs
de guerre, du côté algérien ; une fois l'indépendance arrachée.

Alger

C'est dans cette ville d'Alger que Lam cessa
de souffrir d'impuissance et de croire qu'il était
stérile, comme s'il avait voulu, auparavant,
pousser le mimétisme vis-à-vis d'Ila jusqu'à son
paroxysme. C'est à Alger, aussi, qu'il connut
Ela. La rencontre coïncida avec le décès d'Ila et
la mort de Fascination II. C'était en 1964.
Comme si Ila avait attendu l'indépendance du
pays qu'il avait tant désirée pour pouvoir
mourir tranquillement et léguer à Lol la responsabilité des haras, sachant pertinemment
que celle-ci était plus douée que Lam pour
s'occuper des chevaux, gérer les affaires et les
faire fructifier, si possible. Lorsque Lam put
faire l'amour, après une abstinence forcée qui
dura quelques années, il en fut quelque peu
déçu. Il réalisa alors qu'il n'avait jamais vraiment souffert de cette impuissance, qu'il avait
fait partie de cette race d'hommes qui, à l'image
d'Ila (Il le soupçonnait secrètement d'être en
fait impuissant et non pas stérile.), avait l'élégance et l'originalité de ne pas être des repro-
ducteurs stupides et béats ni des procréateurs
prédestinés, un peu à la façon des étalons qu'Ila
allait chercher jusqu'en Mongolie ; condamnés
à saillir hâtivement et négligemment les femmes,
non pas par une fatalité physiologique ou un
atavisme biologique, mais comme un devoir et
un honneur qui donnaient un sens à leur vie,
somme toute, dérisoire.

219

Fascination

Lam, après la mort d'Ila, comprit que ce dernier compensait sa stérilité ou peut-être son impuissance par une passion dévorante pour les chevaux, assistant lui-même aux saillies, aux couplages et aux poulinages. Lam avait quand même le sentiment honteux que les procréateurs étaient des prédateurs grégaires. Mais un jour, Ela, une femme qu'il aimera toute sa vie, à l'exception d'une passion qu'il n'avait jamais pu oublier, vint briser ce cercle infernal dans lequel il se complaisait, sous l'influence faste ou néfaste de Lol! Cette femme en fit non seulement un père, un reproducteur grégaire, mais aussi un père adoptif puisqu'elle avait un enfant d'un premier mariage que Lam allait s'empresser d'élever, d'aimer et de choyer; comme si, encore une fois, il voulait imiter Ila, lui rendre hommage! Comme s'il voulait également, par cette entorse à sa vision profonde des choses et par cette contradiction fondamentale dans sa vie, pousser le mimétisme envers Ila jusqu'au paroxysme le plus douloureux, comme pour lui manifester sa reconnaissance, quelques années après sa mort et celle de Fascination II. Deux morts dont il n'allait jamais guérir réellement! En réalité Lam était surtout épouvanté par l'état du monde où les enfants étaient si pauvres, si malades, et mouraient par millions de faim, d'épidémies, d'esclavage, de prostitution, de guerres et de barbarie. Il avait peur de cette responsabilité qui consiste à donner la vie à un être humain et savait pertinemment qu'il était un lâche. Depuis le décès d'Ila et la mort de Fascination II, il était devenu plus fragile encore. Enfant, déjà, seule Lol arrivait à le dérider avec cette excentricité pleine de fougue et de désinvolture, avec ses toilettes affriolantes qu'elle exhibait devant les colons riches, dans les tribunes d'honneur de tous les hippodromes d'Algérie, et qu'elle exagérait quelque peu pour en rajouter et leur en mettre plein la vue. Elle ne supportait pas leur arrogance, leur racisme et leurs particules de noblesse achetées très cher aux gouverneurs et aux administrateurs coloniaux, véreux et corrompus jusqu'à la moelle. Lol continuait toujours à le fasciner, à l'émouvoir et à l'attirer physiquement, au point qu'il en était durablement troublé. Perturbé. Et puis, il y avait aussi Ali qui amusait beaucoup Lam, chaque fois qu'ils se voyaient, toujours à la poursuite d'Ali Bis certainement terré à Alger; Ali qui avait presque tout oublié du clan d'Ila, posait toujours les mêmes questions, au sujet de la grand-mère de Lol et de l'un de ses fils qui était son préféré et qui « n'avait aimé que sa maman! », répétait-il à qui voulait l'entendre.

Ali se rappelait les rapports troubles, voire louches, que cet oncle ignoble (dit Kal-Le-

Kafard) entretenait avec sa mère et grand-mère de Lol. Elle était tellement obèse qu'elle ne pouvait pas marcher sans l'aide de ses servantes, transportée de pièce en pièce ou plutôt de sa chambre à coucher à la cuisine où elle régentait la préparation des mets, des sauces, des tagines, des couscous, des pâtisseries, des sorbets, des loukoums, des halvas, des sirops, des orgeats, etc. goûtant, pendant qu'ils mitonnaient ou cuisaient ou macéraient, avec son index droit toujours enduit de henné et qu'elle stérilisait plusieurs fois par jour. Parce qu'en plus de son obésité, de sa méchanceté et de l'ambiguïté de ses rapports avec son fils préféré elle était d'une propreté pathologique et d'une maniaquerie maladive. Elle ne faisait donc que cuisiner, et à force de tremper ou d'enfoncer son index dans les ragoûts, les sauces, les viandes grillées, les poulets à la vapeur, les poissons à l'étouffée, les couscous de toutes sortes, les feuilletés, les confits, les mélasses et les miels, elle en était arrivée à peser plus d'un quintal et demi.

Elle adorait l'oncle Kal, aussi obèse qu'elle, élevé dans son giron, entre ses mamelles et ses jupons, qui n'avait jamais rien fait de toute sa vie, adorant traîner dans l'énorme cuisine à côté de sa maman qu'il ne cessait d'embrasser, d'atoucher, de caresser et d'étreindre libidineusement et sans vergogne au vu et au su de tout le monde, des bonnes, et même des chats qui se pavanaient entre les fourneaux et les gigantesques marmites et qu'il chassait à grands coups de pied et à grands cris nasillards et maniérés pour attirer l'admiration de sa mère, toujours en pâmoison devant de telles prouesses, à tel point que la guerre entre Kal-Le-Kafard et les chats était restée légendaire dans toute la famille et faisait partie de son historiographie générale.

Les matous razziaient en quelque sorte la terrible grand-mère au grand effroi de l'oncle. Mais Lol restait indifférente, encore aujourd'hui, aux stratagèmes pervers et idiots de ces parents qui essayaient de l'exploiter, en vain! Elle qui ne montra pas beaucoup son chagrin au décès d'Ila. Ni après la mort de Fascination II. Elle la montait, pourtant, une fois par an, le 25 juillet, jour anniversaire de la naissance d'Ila qui organisait, à cette occasion, une course entre ses chevaux, les méharis d'un ami saharien et les lévriers de race sloughi d'un autre ami d'Oran. Il avait décrété, quand Lol eut vingt-cinq ans, qu'elle monterait Fascination II, parce qu'il connaissait très bien son désir très fort et sa vocation précoce et secrète de devenir jockey, en homme intuitif, habitué à parler aux chevaux, à leur donner ces noms fabuleux et souvent très controversés même par ses amis les plus proches. Ces noms fabuleux, donc, de guerriers, de philosophes et de savants, berbères, arabes ou musulmans qu'il affectionnait beaucoup, lui si passionné par l'histoire de son pays et des autres pays du monde.

Lui qui avait aussi cette manie de donner des surnoms à ses enfants adoptifs, comme pour mieux les accaparer et se les approprier, avec ce « L » qui apparaissait partout, un peu celui de son propre prénom et de celui de Lil. Comme si ces surnoms qu'il leur choisissait devaient effacer toute trace de leurs parents biologiques, et qu'il pût, ainsi, les aimer et se faire aimer d'eux, sans aucune retenue, d'une façon non pas passionnée, mais tranquille et sereine. Ce qui expliquerait peut-être cette falsification de l'identité de Lam d'origine psychologique et non pas politique, reflétant cette peur qui l'amenait à tout brouiller, tout fausser. En fait Ila vivait dans le silence !

IX

PARIS

Lam était né dans ce silence-là. Epais et transparent en même temps, perçant à travers les dits et les non-dits de Lol, les presque-dits, timides et très vite gommés de Lil, et les silences dubitatifs, malicieux, ronchons et grognards d'Ila. Du plus loin qu'il s'en souvienne, il y eut toujours ce mystère à la fois crucial, effrayant et cocasse de la disparition d'Ali et d'Ali Bis, de leur mort ou de leur résurrection, avec cette poursuite incroyable à travers le monde entier, l'un derrière l'autre, l'un ratant l'autre de quelques jours, de quelques pays, de quelques villes, dont Paris (*Le nom de cette ville vient de Parisis d'origine celte, probablement, et qui était celui d'une peuplade venue d'outre-Rhin; mais le site de la ville a été habité dès le néolithique au III* siècle av. J.C. et auquel Lutèce a* *préexisté : les Parisis participent à la guerre des Gaules, à l'appel de Jules César, et ce en l'an 53 avant J.C., puis ils se dirigent vers Rome à l'appel de Vercingétorix. Ils sont alors écrasés par Labienus. Les conquérants romains s'installent à leur tour dans le site auquel ils donneront une extension et y resteront 1 000 ans. Lutèce est dévastée par les Barbares en 280 après J.C. Les Romains la reconstruisent dès le IVe siècle. Il s'agit dès lors de la renaissance de la ville. Au Ve siècle, Clovis s'y installe. En 1789, la Révolution française a lieu. En 1804 Napoléon Bonaparte est couronné empereur des Français sous le nom de Napoleon Ier par le pape Pie VII qui vint de Rome afin de procéder au sacre qui eut lieu à Notre-Dame de Paris le 2 Décembre 1805 ; le destin de Napoléon est celui d'un conquérant qui va tenter de s'emparer de toute l'Europe. Pendant près de dix ans, il va multiplier les guerres et les victoires, jusqu'en 1815 lorsqu'une coalition européenne envahit la France et déchoit l'empereur qui, retiré à Fontainebleau, abdiquera le 4 Avril 1815. La Seconde Guerre mondiale (1939-1945) marque l'occupation de Paris par la Wehrmacht dès Juin 1940. La période sombre de l'occupation allemande fut marquée par les arrestations et les déportations massives de juifs et de communistes, les actions de la résistance et l'exécution d'otages. Paris est libérée le 24 août 1944 par l'entrée d'une division blindée dirigée* *par le Général Leclerc.*) où Ali, à la tête d'un groupe de résistants, libéra la Mairie des Lilas occupée par les Allemands, le 24 juin 1944. Il y campa pendant un mois jusqu'à l'arrivée de Leclerc. Ali exigea que le général vienne en personne pour lui remettre les clés de la mairie. On le voit sur une photo en train de remettre les clés au libérateur de Paris qui lui donne l'accolade. Ali a l'air triomphal et ivre de bonheur. Radieux, il brandit une mitraillette au-dessus de la tête du général quelque peu gêné, avec son corps dégingandé, sa moustache toute fine et son képi bien vissé sur la tête. Peut-être est-il gêné par l'enthousiasme débordant d'Ali.

Paris, ville photogénique selon l'expression de Lam qui y arriva le 24 juin 1969, vingt-cinq ans, jour pour jour, après la libération de la ville par le général Leclerc, et de la mairie des Lilas par Ali. Plan de la ville que Lam connaissait presque par cœur depuis qu'il était adolescent. Ville, éparpillée et agglomérée à la fois mais comme écartelée entre les deux rives de la Seine, apparemment sans liens remarquables mais terriblement solidaires et sur lesquelles viennent se fracasser plusieurs autres segments disparates, alors que toutes les lignes de convergence ne sont ni ouvertes ni fermées, mais comme évanouies.

Paris. 24 Août 1969, température à 12 heures :
31°. Heures d'ensoleillement : 16. Lam se disait
« C'est comme à Constantine. Incroyable. Voilà
au moins un préjugé qui tombe immédiatement. De plein fouet. Il tape dur ce soleil et la
chaleur est épouvantable, à cause de la pollu-
tion, peut-être ? » Il se figurait qu'à Paris la
neige tombait en abondance toute l'année. Il
commençait mal son périple, gêné par la chaleur, brassant autour de lui un air gélatineux et
humide dont il n'avait soupçonné ni l'épaisseur
ni la moiteur, à travers l'architecture bétonnée
de la ville, le fatras d'avenues, de squares, de
voitures, de buildings entrevus de très loin,
miroitant sur les flancs du métro aérien, comme
pris d'une irrésistible tentation de sortir de ses
rails pour aller détruire le conglomérat urbain,
s'agglutinant parallèlement sur différents niveaux
hissés au-dessus des têtes des voyageurs animés
d'une démarche mécanique dès qu'ils sont
abandonnés à leur propre sort sur les quais où
les accueille une immense affiche représentant
une femme souriante et tenant par la main un
enfant hilare.

La photographie, placardée partout, éveille
tout de suite en lui un élan de sympathie non
sans lien avec la nostalgie : il a bel et bien
débarqué dans le pays des autres et il n'y a plus
aucune possibilité de revenir en arrière, cer-

tainement à cause de cette joie de vivre irrésistible qui se dégage des deux personnages : une mère et son fils. La femme est habillée d'une robe en coton marron, bariolée de bandes transversales jaunes, dont les manches longues relevées jusqu'aux coudes révèlent des poignets très fins, ornés de bracelets de fantaisie, de couleur nacre. La robe décolletée qui met en évidence un beau collier, est très longue, ce qui donne à la femme un genre quelque peu démodé et par contrecoup rassurant et crédible.

Sous son bras gauche, elle tient un sac à main en cuir marron assorti à sa robe et aux souliers à hauts talons avec lacet autour de la cheville. La taille est prise dans une ceinture à lanière noire très mince. Ses cheveux auburn et mi-longs avec une raie sur le côté gauche sont souples et légèrement dépeignés – juste ce qu'il faut – par une petite brise. L'enfant porte une chemise en coton blanc très fin, marqueté de carreaux rouges et noirs. Le mouvement de la marche est suggéré par les ondulations de la robe partant du bas et créant une sorte de remous atteignant le haut des hanches dont l'étoffe exagère l'arrondi, ainsi que par le bras droit de l'enfant légèrement écarté du corps comme pour l'aider à marcher un peu plus vite et lui donnant un aspect déséquilibré, à cause, certainement, de son autre bras en position verticale, soutenu par la main de la mère enfermant vigoureusement la sienne, aspect qu'aggrave le pantalon gondolant au-dessus des chaussures et la poche proéminente au genou droit.

Lam, touché en plein cœur, s'absorbe dans la contemplation de la photographie et fait abstraction du slogan imprimé en lettres bleues sur fond blanc (AMIRA : LE TAMPON DOUCEUR) se disant que les nombreux guides qu'il avait lus et relus à Alger auraient dû le prévenir que l'accueil dans les stations de métro serait si sympathique et qu'on allait jusqu'à dépenser de l'argent pour réaliser ces immenses photos représentant une mère heureuse et son enfant pour souhaiter la bienvenue à tous les touristes du monde entier. Il est tellement touché qu'il repense à cette photographie envoyée par Ali à Lol, prise peut-être dans ce même métro et exhibant un gros bébé joufflu, pour vanter une marque de papier hygiénique. Etait-ce une provocation de sa part, pour inciter Lol à se ranger et devenir une épouse respectable et mère de plusieurs enfants aussi dodus que celui représenté sur la photo? Lui qui s'était déjà marié une douzaine de fois, essaimant de par le monde; éparpillant ses enfants sur tous les continents; disant à Lam lorsqu'il avait fait allusion à toute cette progéniture et à toutes ces épouses : « Je n'allais quand même pas me les trimbaler à travers le monde... c'était pour leur bien... tu comprends cousin ? » Et Lam qui ne voulait rien comprendre et ne cessait de marmotter : « Quel salaud il n'aime que les chevaux, mais culotté le mec pour rappeler Lol à l'ordre, la pousser à se marier, à rompre avec Françoise (avec laquelle elle avait déjà rompu depuis belle lurette)... Archaïque... tu es archaïque Ali... c'est ça le vrai problème... cette mentalité préhistorique, ces mâles avec leurs moustaches, leur dégaine, leurs tatouages, ⸤eurs bagouzes, leurs chemises largement ouvertes sur leurs poitrines poilues et grasses... et moi, devenu père adoptif d'abord, père biologique ensuite, un peu malgré moi... j'aurais bien voulu être stérile, rester impuissant... et Ela, insistant gentiment, revenant à la charge... et moi effrayé à l'idée de ... et moi finissant par céder, disant oui, oui, d'accord mais à une seule condition... je veux une fille, une femelle... comme ça je l'appellerai Fascination IV, c'est joli non ? mais pas de mâle... ah, non, plutôt crever... Ila ne s'y trompait pas en négligeant les pères des différentes Fascination... car pour lui seule la femelle donne la vraie filiation. Influence de la religion judaïque ? Peut-être... mais Ila avait raison... et moi disant à Ela que je voulais une fille, tant qu'à faire.... » Lam restait là, pensif et amusé. Il adorait en fait la publicité et il la cherchait partout, à travers Paris. Il était ébloui par le soleil, envoûté par le sourire. Le visage de la femme, un peu en retrait par rapport au visage de l'enfant, est plus sombre et plus flou, ce qui donne l'impression que les traits assez fins de la jeune maman sont un peu effacés alors que sous les yeux les cernes creusent profondément la peau, la fripent et la marquent d'un trait violacé et horizontal partant du coin de l'œil et s'arrêtant au-dessus de la pommette saillante (SEUL UN SPECIALISTE POUVAIT METTRE AU POINT UN TAMPON COMME **AMIRA!** QUI S'ADAPTE AU CORPS DE LA FEMME ET OFFRE UNE SECURITE ABSOLUE ET UN CONFORT TOTAL) plissée par un sourire discret de la mère, contrastant avec l'hilarité juvénile de son enfant. Lam se prépare à s'enfoncer dans le dédale incroyable de la ville, comme s'il était sécurisé, maintenant, par cet accueil photogénique, malgré sa méfiance, après son arrestation par la DST, dès son arrivée à l'aéroport d'Orly où il avait été amené menottes aux poignets, au centre d'interrogatoire où il avait passé quarante-huit heures.

Puis les quartiers succédant aux quartiers, s'enfilant les uns dans les autres et tournant en fait en rond, s'enroulant selon une circularité systématique, édifiée en dogme par les architectes délirants et lyriques, n'ayant aucune confiance dans la rectitude des lignes, préférant les courbes amples et sensuelles aux segments de droites rigides et froids, d'autant plus qu'avec cette forme on revient toujours au même point, à l'image des navigateurs tournant autour du monde et dont il avait lu les aventures, sur les conseils insistants d'Ila.

Très vite, Lam se rend compte que Paris monte vers l'église du Sacré-Cœur, véritable verrue construite pour se venger des Communards comme pour prouver que la réaction politique ou la régression religieuse et la notion d'esthétique sont antinomiques. Le Sacré-Cœur a aussi cette prétention de s'éclairer la nuit quand Notre-Dame, élevée par la ferveur du peuple parisien, est noyée dans le noir. Côté face, la cathédrale a un air de crochet dentelé par de vieilles rombières ; comme marquetée. Côté pile, elle est taillée comme une sculpture érotique à la Rodin ou à la Moore. Et Lam voyant Paris monter vers le Sacré-cœur devenu la proie des flashs japonais et des marchands de frites, se met à détester cette image d'un tourisme ventripotent qui aime bien ce côté « Cour des Miracles » où l'odeur de l'encens est mâtinée de fumée de merguez et d'effluves de térébenthine, celle des peintres ambulants et malchanceux qui tirent le portrait des passants et des badauds, à la grande joie des dragueurs à l'affût de baisers allemands ou hollandais. Mais au creux de Paris, à cent mètres de Notre-Dame, Lam découvrit un jour, comme par hasard, ce joyau, cette miniature occidentale que l'on appelle Saint-Julien-Le-Pauvre. Havre de la piété à l'échelle humaine où parfois la messe est dite en arabe; depuis quand déjà? Lam dégringole ensuite vers la rue Mouffetard où sévit un vieux marchand de citrons et de menthe. Exclusivement. Lam l'avait toujours soupçonné d'être un harki échappé d'un douar pacifié, et abandonné par le ministère des Rapatriés, comme une relique folklorique. Jusqu'au jour ou il se laissa pousser la barbe, se munit d'un Coran et d'un couvre-chef discret, mais islamique, et adopta des manies de conspirateur intégriste. Lam ne l'avait (tout au long de son séjour parisien) jamais entendu prononcer un seul mot jusqu'à ce qu'il disparût définitivement, laissant un vide impressionnant et faussant ainsi son propre itinéraire. Diamétralement opposée à la rue Mouffetard, il y a la rue Montorgueil où, dans les années soixante-dix, sévissait un marabout squelettique d'un mètre cinquante à la peau noire et au banjo vertigineux qui fascinait Lam. Il jouait des heures durant sans jamais lever les yeux, sauf pour surveiller une bicyclette de course au guidon tauromachique, toujours rutilante et astiquée comme si elle avait été achetée la veille au salon des cycles. Ce Noir au visage d'Indien ridé était à lui seul une attraction formidable. Les touristes étrangers et les badauds parisiens ne s'attardaient guère devant ses mélodies de griot paludique jouant d'un banjo qu'on aurait dit sorti tout droit du campement d'un western à la John Huston. Lam, toujours dans ses déambulations à travers les marchés parisiens, fit la connaissance d'un marchand de poivrons marocain. Un Arabe typique et typé qui lisait Kierkegaard continuellement. Sur l'étalage de légumes, *Le traité du désespoir* voisinait avec les gros poivrons. Souvent il fallait fermer les yeux, tant l'accent précieux, presque maniéré du français que le jeune Berbère, échappé d'on ne sait quel Atlas, articulait, était en flagrant délit d'opposition avec le type physique de cet homme désespéré...

Et puis il découvrit la Goutte d'Or, si mal nommée. Quartier lépreux bourré d'Arabes introuvables, entre tables de tric-trac et flics dans le coup. Et les marchands véreux de tapis en fibres plastiques lavables et corvéables à merci. Filles nerveuses, aussi, vendant des charmes éculés entre vieilles matrones, vaisselles ébréchées et poulets mal rôtis. C'est à ce moment que Lam comprit combien Paris est un vrai métissage, non seulement de races et de langues mais d'architectures. C'est en ce sens que cette ville grandiose, fabuleuse et en même temps effrayante et désagréable le fascina avec ses bâtiments contemporains et souvent italiens (Beaubourg et Orsay), espagnols (les Bofill, derrière la tour Montparnasse), ou suisses. Il comprit aussi que c'est son métissage, tant humain qu'architectural, qui fait de Paris une sorte de modèle pour le reste des grandes villes où, à part Londres, le mélange prend moins vite, si ce n'est l'état des trottoirs arpentés par les chiens trop gâtés, trop nourris, jetant un regard insouciant, voire courroucé, aux affiches mendiant quelques grains de riz pour les enfants (ceux-là mêmes qu'il aurait voulu ne pas procréer, jusqu'à ce qu'Ela vienne à bout de son refus et le convainque de devenir père, à son tour, à faire comme tout le monde, à se sentir gêné, après la naissance de l'enfant, devant le regard à la fois amusé et réprobateur de Lol veillant néanmoins sur cette dernière Fascination, comme s'il s'était agi non pas d'une fillette mais d'une jument qu'elle allait élever...) affamés du monde ou les orphelins de tant de guerres locales et perverses qui se passent dans l'indifférence. Lam vit les trottoirs de Paris, pleins de crottes, plus qu'à Constantine, Tunis, Moscou, Pékin, Hanoi, Barcelone ou Alger, comme pour attirer plus de Sénégalais ou de Maliens passés maîtres dans l'art d'astiquer l'asphalte.

Affiches, aussi, où la publicité radieuse côtoie la détresse affamée. Métro parisien dédaléen et cynique (« *AVEC LE NOUVEAU PLAT TEFAL, QUAND UNE TOMATE VA AU FOUR, ELLE NE RISQUE PAS D'Y LAISSER SA PEAU* ») ; quand les immigrés ou les étrangers venus se réfugier dans la ville-lumière la laissent, parfois, leur peau ! eux si souvent malmenés, assassinés ou expulsés, ne connaissant rien de cette mégalopolis à la fois géniale et luxueuse, stupide et rafistolée, sale et jonchée de ses propres autochtones laissés pour compte, écrasés par la cupidité de la cité et du système.

Ville fastueuse. Ville fastidieuse. Et Lam a le coup de foudre définitif qui le décide à partager dorénavant sa vie entre cette ville et Alger, au grand désarroi de Lol qui avait compris pourquoi il avait décidé de rompre avec Constantine. Paris raciste mais capable de faire cohabiter Juifs et Arabes à Belleville... aux terrasses pavoisées de ces vieilles femmes qui refont la goulette et Bab-el-Oued où chantent Bob Azzam et Raoul Journot, Reinette l'Oranaise et la même Remiti des bordels bônois d'antan fréquentés par Ali et Ali Bis. Belleville donc où certains boutiquiers et marchands de tissus orientaux (Lam se rappelant le flic de la DST avec ses questions gênées, son argot pied-noir et la chatte de sa mère, devenue Tlemcen au lieu de Salomé) qui rechignent à vendre à des non-connaisseurs.

Paris : avec ses murs lépreux (dans certains quartiers) tapissés de publicités balafrant leurs surfaces ternes et vides, ajoutant à leur laideur et dont les photographies subjuguent et agacent Lam tout en même temps ; comme une dent malade plantée entre ses deux mâchoires, il se jure qu'il ne va plus les regarder mais vite rendu à leur exigence, leur bariolage et leurs formes zébrant durement l'espace et rejaillissant sur sa propre vision chaotique des choses, tant la chaleur est lourde.

A présent, il se savait captivé non seulement par les lignes du plan urbain qui imprègnent son crâne, mais aussi par cette couche de lumière coupant et décapant ses narines à tel point qu'il n'a même plus envie de comprendre l'organisation générale de cette ville tentaculaire, qui tourne en rond sur elle-même ; parce qu'il avait eu le tort de croire qu'à Paris il ne pouvait y avoir qu'un temps froid, pluvieux et gris. Surtout qu'il n'a même pas la possibilité de choisir entre deux quais, celui sur lequel il se promène et celui qui lui fait face, tellement ils sont symétriques et semblables ; il ne peut, alors, que buter sur la fixité des prunelles déla-

vées de tout intérêt des passants pressés qui
courent devant lui pour ne pas rater leur train ;
ce qui les rendrait plus agressifs, plus grossiers et
plus solitaires encore. Lam est assailli aux carre-
fours par des gens fatigués, absorbant honteusement leurs propres ombres dans des démarches
obliques comme s'ils allaient au supplice des
chambres étroites, tristes et froides où vont
avorter leurs rêves. Il s'en veut d'avoir pris le
sourire photographique de la jeune femme au
bambin hilare pour une marque d'hospitalité,
comme il s'en veut de n'avoir pas compris vraiment les messages sibyllins et pervers des publicités aguichantes.

La première fois que Lam mit les pieds à
Paris, il ne put voir la ville qu'il avait seulement
pressentie à travers son plan et les nombreux
livres qu'il avait lus à son sujet. Dès qu'il débar-
qua à l'aéroport, les policiers de la DST
l'emmenèrent dans une voiture aux vitres
fumées qui l'empêchèrent de voir les rues, les
monuments, les squares et les passants. La ville
lui parvenait, assourdie, à travers ses bruits, ses
embouteillages et le silence pesant des quatre
personnes qui l'accompagnaient. Les visages de
ses accompagnateurs se voulaient fermés et
sévères comme pour l'impressionner et lui faire
peur, mais il sentait qu'ils jouaient mal leur rôle
de flics méchants chargés de la surveillance de

tout le territoire français. De temps en temps, l'un d'entre eux coulissait vers lui un regard en coin ou en biais, puis faisait semblant de regarder ailleurs dès que Lam le regardait en face. Arrivés au siège de la DST, Lam fut conduit sans ménagement, mais sans brutalité, sous bonne escorte, dans le bureau situé au dernier étage où l'attendait un homme qui parlait arabe. Lam passa deux jours en tête-à-tête avec lui, confiné dans une pièce exiguë et encombrée de dossiers. Il comprit très vite que l'officier chargé de son interrogatoire était originaire de Tlemcen, à cause de son accent qui ne laissait aucun doute sur ses origines. Puis Lam comprit qu'il était juif, à cause de ce même accent qui trahissait le policier, avec lequel il allait passer deux jours entiers, à parler, à manger, à boire et à dormir. Le policier voulait tout savoir de Lam qui se mit à se raconter sans aucune difficulté. Au bout de trois heures, le flic lui demanda « *s'il voulait vider l'eau des olives.* » Lam resta incrédule pendant quelques secondes et finit par comprendre que cela voulait dire s'il voulait aller aux toilettes, en argot des Pieds-Noirs. A vrai dire il ne connaissait pas cette formule parce qu'il n'avait pas beaucoup fréquenté les Européens du pays, très peu nombreux à Constantine. Il comprit, aussi, qu'en usant de cette formule, le policier de la DST vou-

lait décontracter l'atmosphère. Lam alla donc
« vider l'eau des olives » sous une escorte ridiculement armée, parce qu'il ne présentait aucun
danger et savait qu'il serait, dans le pire des cas,
expulsé vers Alger, la ville d'où il venait. Puis
Lam se disant : « Mais pourquoi donc les gros
bonnets de la DST, m'ont-ils confié à un Juif,
pied-noir et tlemcenien ? Ils ont eu tort parce
que je suis sûr qu'on va sympathiser puisqu'on
parle arabe et français, qu'on évoque la ville de
Tlemcen que je n'ai jamais visitée et la ville de
Constantine où j'ai passé ma vie. » Lam se
disant aussi : « Il me faut trouver une formule
argotique pour l'amuser, par exemple : *je vou-
drais payer le cadi;* ou bien *tu tâches moyen, hijo
de tu abuela!* C'est-à-dire tu mènes l'interrogatoire très mollement... A moins que ce soit
là une ruse de flic, une entrée en matière pour
m'amadouer, me séduire et me poser des questions importantes sur un ton badin... Seulement voilà, je n'ai rien à cacher... je peux tout
lui dire sauf que je ne peux pas lui parler de
Tlemcen... »

Lam parla donc beaucoup. Il ne cacha rien.
Donna des détails sur son engagement politique, son départ au maquis, mais hésita à lui
parler de Lil qui l'avait gavé de mets délicieux
pendant les trois jours précédant son départ et
de Lol qui l'avait accompagné jusqu'à Batna où
il avait rendez-vous avec les résistants.

Il parla de sa blessure, du séjour à l'hôpital moscovite, de ses voyages en Chine, au Vietnam et en Espagne, du trafic d'armes qu'il y faisait, des gargotes du Barrio Chino, de cet épisode du train espagnol où il mangea pour la première fois de sa vie une rondelle de saucisson qu'il trouva par terre, sale et dégoûtante, et qu'il alla laver dans les toilettes. Et à ce moment-là l'officier juif de la DST l'interrompit brusquement : « Tu as osé manger du porc ? » Et Lam : « Oui et j'ai trouvé cela très bon... depuis j'en mange... » Et l'officier : « C'est quand même dégoûtant ! C'est même péché !... *Toi, travailler chômeur, quoi !* Toi tu as fait là une bêtise, quoi ! » Et Lam, finissant par tutoyer le policier indigné, disant, mi-figue mi-raisin et dans le charabia pied-noir : « Toi alors, si tu te noies, ta mère elle te tue ! parce que tu n'aurais jamais dû moucharder les Arabes au profit des Français... après tout, c'est grâce aux Arabes que tes ancêtres sont venus d'Andalousie... » Et l'officier un peu gêné : « C'est vrai que je me suis noyé et que la mère elle m'a tué... mais que veux-tu, fiston, c'est la vie... (Et Lam pensant : T'as fait comme Camus quoi...! Ah Camus... Dommage... Dommage cette gaffe à Stockholm !) mon père voulait que je sois rabbin, mais j'aime pas porter la barbe... alors, tu vois... j'avais une autre vocation... Et puis qu'est-ce

242

que tu faisais à Rome au mois d'octobre 1960 ?
Et à Amsterdam au mois de février 1961 ? » Et
Lam : « Je transitais... C'est tout... Les armes,
c'est à Barcelone que je les achetais... Mais
comment tu as eu cette *tchoufa ?* » Et l'officier :
« On a failli te coincer à Rome, les Italiens voulaient bien te livrer à nous et à la dernière
minute ils se sont récusés... et à Amsterdam tu
te souviens de cette jolie Eurasienne qui t'a dra-
gué ? » Et Lam : « Oui, elle voulait que je lui
passe un cendrier qui était plutôt de son côté..!
Mais de toute façon j'avais un avion à prendre
et je n'avais pas le droit de rater un rendez-vous :
une affaire de faux papiers pour nos
hommes... » Et l'officier rigolard : « Tu croyais
qu'elle te draguait pour tes beaux yeux...
Makache, c'était un agent à nous... C'est pas
mal, on te suivait à la trace, même à Moscou,
même à Pékin, même à Hanoi... partout! Oh,
et dis-moi, ça a été dur l'hôpital à Moscou... Tu
sais, entre nous, je ne voulais pas que tu sois
amputé de ta jambe gauche... » Et Lam, comme
pour le consoler : « Non, il s'agissait de la jambe
droite... » Et l'officier... « Ah bon! Montre un
peu voir la cicatrice que ça t'a laissée, cousin...
Mais qu'est-ce que je suis déçu que toi *manguer*
cochon... Montre voir ta cicatrice! »

Au bout de quarante-huit heures de garde à
vue et d'interrogatoires loufoques, Lam quitta

le siège de la DST presque en larmes devant l'attitude du flic dont il était devenu l'ami et qui était effondré de le voir partir, disant : « Tu as tout dit ! Tu es honnête ! T'en as même trop dit, peut-être... ? Non... ? » Et Lam : « Non, j'en ai pas trop dit... parce que je sais que la guerre est finie ! » Les deux hommes s'embrassèrent, s'étreignirent, et Lam allait presque lui parler de maître Lévy, l'avocat et l'ami d'Ila, du docteur Bloch, le médecin de famille de M. Cohen, le banquier, d'Ali, d'Ali Bis, de Fascination I, II, III, et surtout de la mort de Fascination II, du décès d'Ila, de son mariage avec Ela et de la naissance de sa fille prénommée Fascination par Lol, sans aucune hésitation. Mais il s'abstint pour ne pas trop attendrir le flic devenu maintenant son copain, voulant lui présenter sa mère confinée dans son appartement parisien et qui ne parlait pas un traître mot de français, voulant l'inviter à manger un couscous, voulant... Disant : « Tu sais, maman, elle n'a ramené que sa chatte du pays... Tu sais, Salomé qu'elle s'appelait... Mais dès que maman elle a débarqué à Paris, elle l'a baptisée : Tlemcen. C'est son nom maintenant, à la chatte de maman... Tlemcen, ah quelle belle ville. »

C'est à Paris que Lam comprit ce que c'était que l'errance, parce qu'il passait son temps à marcher, à arpenter et à déchiffrer la ville, à la façon des grands voyageurs et des grands géographes que Ila... Ila stérile ou impuissant? Lam était toujours obsédé par cette question lancinante; et c'est à Paris qu'il se souvint de cette habitude qu'avait Lil de lui demander de lui gratter certaines parties de son corps, en toute innocence. Etait-elle frustrée au point de trouver dans ces séances fréquentes de « grattage », comme disait Lol, un substitut à sa sensualité débordante qu'Ila était incapable de satisfaire? Il avait maintenant la conviction que Ila était impuissant et donc stérile et que sa propre impuissance momentanée, et vécue presque sereinement à Moscou, Hanoi et Barcelone, n'était pas due aux remords qu'il éprouvait d'avoir fait l'amour avec Lol la veille de son départ pour le maquis, mais à une sorte de mimétisme inconscient vis-à-vis d'Ila qu'il avait tant aimé. Il pensait maintenant que la stérilité imaginaire nourrie par cette histoire d'oreillons et par les mises en garde du docteur Bloch, n'était elle aussi qu'une façon d'aimer son père adoptif et donc de l'imiter. Il n'avait pas davantage oublié que Ila, si pudique et si maladroit, lui avait lu un texte érotique des *Mille et Une Nuits*, comme pour l'initier à la sexualité qui lui était peut-être interdite.

Il connaissait par cœur ce texte qui était presque le prologue du livre : « *Croyant son*

*beau-frère parti et le palais vide, l'épouse de son
frère s'avançait en cette compagnie toute de grâce
et de beauté. Le cortège parvint à une vasque. On
s'assit autour du jet d'eau, tout le monde se désha-
billa et il se révéla que les servantes noires étaient
des hommes. La reine cria alors un nom :
"Mas'ûd". Un esclave noir sauta du haut d'un
arbre et la rejoignit. Il lui mit les jambes en l'air,
se glissa entre ses cuisses et la posséda. A ce signal,
chaque esclave s'unit à l'une des jeunes filles. Ils ne
cessèrent de se donner des baisers, de s'enlacer, de se
prendre et de se reprendre jusqu'à la tombée de la
nuit. Lorsqu'il vit tout cela, le jeune roi se dit :
"Par ma foi, mon malheur est moins grand que
celui de mon frère, j'ai été moins humilié et affligé
que lui dont le harem accueille dix esclaves déguisés en servantes. Ce qui s'est passé là est bien plus
terrible que ce que j'ai enduré." Il s'en fut donc
boire et se restaurer jusqu'au retour de Shâh-
riyâr.* » Ila lui avait lu ce passage alors qu'il était
enfant, comme s'il voulait l'initier à la sexualité
d'une façon détournée et à la passion des
voyages d'une façon directe. Peut-être voulait-il
dire à Lam autre chose, lui faire passer un mes-
sage sur la vulgarité de toute sexualité débridée
et le mettre en garde contre ces pratiques dégra-
dantes qui seraient l'apanage des esclaves, des
pauvres et des voyous, parce qu'il était paradoxalement très imbu de sa classe, de ses

richesses et de ses haras. Peut-être voulait-il
dire, aussi, à Lam qu'il était impuissant et qu'il
compensait ce handicap par une passion dévorante pour les voyages et l'errance de par le
monde dont il ne cessait pas de faire l'éloge, de
la sublimer et d'en faire une sorte d'ascèse, une
forme aristocratique de vivre autrement.

Toute sa vie, Lam allait, lui aussi, faire de
l'errance un mode de survie, une façon intel-
ligente d'agir sur le monde, de le connaître et
de l'aimer. Ila avait-il influencé Lol, de la même
manière, discrètement et indirectement, pour
en faire non pas vraiment une voyageuse mais
une rebelle, une fugueuse, une femme libre?
Elle ne pouvait pas rester trop longtemps dans
le même état psychologique parce que, dès
qu'elle sentait qu'elle s'installait dans la sérénité
et la tranquillité, elle s'ennuyait très vite et
fusait, alors, dans une sorte de neurasthénie
savamment dosée qui mettait tous ses sens en
éveil, et aiguisait en elle toute une esthétique de
la vie ordinaire. Pendant ces périodes dépres-
sives, elle se mettait à composer des bouquets de
fleurs dont elle seule avait le secret, à s'habiller
d'une façon très élégante, à s'enfermer dans
l'atelier de couture des jours entiers, n'en sortant qu'après avoir dessiné, coupé et cousu un
vêtement original dont le tissu et la couleur

allaient ravir Lil, Loly et toutes les femmes de son entourage.

Lol fuguait à Bône, Philippeville, Bougie, et poussait parfois jusqu'à Alger et Oran, pour se prouver qu'elle était vivante. Mais Lam savait que cette tendance était très ancienne. Dès son adoption par Ila, Lol, à peine âgée d'une dizaine d'années, avait quitté Constantine de nuit, en pleine tempête de neige, à pied selon les uns ou après avoir pris plusieurs bus, selon les autres. Elle était arrivée dans son village sans en avertir personne et avait fait tout ce long et pénible voyage en resquillant, en se cachant et en déjouant tous les plans des policiers partis à sa recherche. Arrivée dans sa maison natale, elle se faufila jusqu'à la chambre de ses parents restée telle quelle depuis leur disparition tragique et s'installa dans le lit où elle passa plusieurs jours à renifler les oreillers de sa mère. Elle fut découverte par sa grand-mère, cette femme obèse et acariâtre, excellente cuisinière et vouée entièrement à l'un de ses fils (l'oncle Kal) qui ne quittait jamais ses jupons. Elle la corrigea sévèrement et se dépêcha de la renvoyer chez Ila sous bonne escorte policière.

Lol ne guérit jamais de cet échec et de cette correction démesurée, et sa vie durant elle allait vivre dans la provocation et l'excès, passant brusquement d'un état à un autre, changeant de partenaire et disparaissant d'une façon imprévisible. Ce n'est qu'après la mort de Ila qu'elle décida de vivre plus tranquillement et se voua corps et âme aux haras qu'elle dirigea de main de maître. Levée à l'aube, couchée très tard, elle mit toute son énergie à défendre la réputation d'Ila. Elle reprit à son service Ali et Ali Bis, réconciliés et revenus, trop tard, à Constantine, l'un pour remettre la somme d'argent volée en 1940 par Ali Bis et l'autre pour demander pardon à Ila, mais il était mort depuis déjà quelques mois.

Ali avait retrouvé Ali Bis par hasard, dans une gargote de la Kasba d'Alger, quelques mois après la mort d'Ila dont ils ignoraient tout et quelques semaines après la mort de Fascination II foudroyée en pleine course au cours d'un concours hippique à l'hippodrome de Constantine. Les deux hommes, restés vigoureux mais dévorés par le chagrin et le remords, portèrent le deuil d'Ila et de Fascination II jusqu'à leur mort; cette jument qu'ils n'avaient jamais connue sinon à travers les lettres et les photos que Lol leur envoyait secrètement, les suivant, pas à pas et d'une façon épistolaire, dans leurs pérégrinations interminables, leurs aventures incroyables et leurs guerres successives. Mais dès qu'ils reprirent leurs fonctions respectives dans les haras d'Ila, dirigés maintenant par Lol, les deux hommes se mirent à harceler Lam afin qu'il revienne pour s'occuper de Fascination III, la dernière descendante de Fascination II, plus rapide, plus noire, plus belle et plus fougueuse que sa mère qui avait pourtant gagné les plus grands trophées à travers le monde. Lam était à Paris à ce moment-là et il commençait à s'y sentir bien, à l'arpenter et à fréquenter d'une façon boulimique ses musées, ses théâtres, ses cinémas, ses concerts et ses restaurants. Il ne voulut pas entrer dans une polémique stérile avec Ali et Ali Bis qui avaient été, certainement et discrètement, encouragés par Lol pour le faire revenir à Constantine et prendre sa part dans la gestion des haras. Il ne leur dit même pas qu'il avait décidé de passer sa vie entre Alger et Paris, ses deux villes préférées, et que, à cause peut-être de la disparition de Ila et de Fascination II, et à cause de l'inceste, certainement, Constantine ne devait plus être qu'un souvenir, un joli souvenir qu'il allait sublimer, durant sa vie entière. Il n'allait plus la visiter que de loin en loin, n'y séjourner jamais plus de trois jours, à chaque voyage, pour fuir l'incroyable fascination qu'exerçait encore Lol sur lui.

Mais, Fascination III ?